<u>dtv</u>

Was geschieht, wenn Träume wahr werden? Eigentlich müsste Jakob glücklich sein: Er liebt seine Frau und seine kleine Teehandlung. Außerdem hat er eine ganz besondere Fähigkeit. Wenn er vorliest, werden die Geschichten vor den Augen seiner Zuhörer zu Bildern; die Namen von Teesorten werden zu duftender Sommerhitze oder kühlem Herbstwind. Doch eines Morgens im späten Frühling beginnt er zu verstehen, dass sein Reisen auf Worten ihn nirgends ankommen lässt. Eine vage Sehnsucht nährt seine Träume von einem Leben auf Tucholskys ›Schloß Gripsholm‹ oder im Chicago alter Filme und von seiner großen Liebe zu Musils ›Portugiesin‹. Getrieben von diesen Wunschbildern reist er in die Stadt, die schon immer ein Tor zu anderen Welten war: Hamburg. Dort wird ihm ein geheimnisvoller Tee serviert und das Wunderbare geschieht. Seine Traumwelt wird zur Wirklichkeit.

Ewald Arenz, geboren 1965 in Nürnberg, studierte in Erlangen Anglistik und Amerikanistik sowie Geschichte und publiziert seit Beginn der neunziger Jahre. Für sein literarisches Werk wurde er mehrfach ausgezeichnet, 2004 erhielt er den Bayerischen Staatsförderpreis für Kultur. Ewald Arenz lebt mit seiner Familie in Fürth.

Ewald Arenz

Der Teezauberer

Roman

Deutscher Taschenbuch Verlag

Von Ewald Arenz
ist im Deutschen Taschenbuch Verlag erschienen:
Der Duft von Schokolade (13808)

**Ausführliche Informationen über
unsere Autoren und Bücher
finden Sie auf unserer Website
www.dtv.de**

2011 Deutscher Taschenbuch Verlag GmbH & Co. KG,
München
© 2002 by ars vivendi verlag GmbH & Co. KG, Cadolzburg
Umschlagkonzept: Balk & Brumshagen
Umschlaggestaltung: Wildes Blut, Atelier für Gestaltung,
Stephanie Weischer unter Verwendung eines Fotos
von Trevillion Images/Allan Jenkins
Gesamtherstellung: Druckerei C. H. Beck, Nördlingen
Gedruckt auf säurefreiem, chlorfrei gebleichtem Papier
Printed in Germany · ISBN 978-3-423-13978-6

DER TEEZAUBERER

Als Jakob dreißig Jahre alt war, lag er eines Nachts im späten Frühling auf dem federnden Kissen der Haare seiner Frau und zählte sein Leben, weil er fürchtete, wieder zu träumen. Am offenen Fenster entlang strich ein kühler Wind wie an der See.

Jede Tasse Tee, jede Tasse Kaffee, die in dieser Stadt getrunken wurde, war zuvor durch Jakobs Hände gegangen. Er besaß ein Großhandelshaus, und alle Geschäfte der Stadt, in denen Tee, Gewürze oder Kaffee gehandelt wurden, gehörten – auch wenn sie verschiedene Namen trugen – ihm.

Neben ihm lag seine Frau, deren Haare beim Gehen schwangen, als hätten sie winzige Glaskugeln an den Spitzen, in denen sich das Licht fing.

Zwischen Marietta und der Wand lag, das Gesicht rot und warm vom Schlaf, die Lippen ein wenig geöffnet, laut und ruhig atmend, ein kleines Mädchen.

Dann gab es einen besten Freund. Den man immer seltener sah. Jakob hatte manchmal Angst, ihn nur noch Freund nennen zu können.

Dann gab es, was Jakob sich als Schüler unter der großen Freiheit vorgestellt hatte: Im Café zu frühstücken und zu lesen; sehr früh, wenn die Stadt eben erst zu arbeiten beginnt.

Dann gab es gelegentlich einen Ritt durch einen Wald.

Es gab Sommermorgen.

Es gab Nächte, in denen Marietta und Jakob sich liebten, zusammen lachten und ineinander einschliefen.

Es gab Augenblicke auf einer Brücke über dem Fluß inmitten von schwirrenden Insekten und den Geruch von Holunder dazu.

Und das war alles.

Manchmal gab es noch einen überraschenden, atemlosen Kuß der Tochter.

Aber das war wirklich alles.

Der Wind ging durch den Frühling und war kühl und zupfte an Jakobs Gedanken.

Er überlegte, daß über die Jahre etwas verlorengegangen sein mußte. Aber als er lange genug nachgedacht hatte, fand er, daß es anders war; daß er nämlich nichts verloren hatte, sondern etwas Unbestimmtes nicht gefunden hatte. Er hatte nur das Gefühl, etwas verloren zu haben, weil er nicht mehr auf Worten reisen konnte.

»Tee!« sagte Jakob leise in die Dunkelheit des Raumes. Die Luft wurde noch ein wenig kühler, aber Jakob roch nicht den grünen, leichten Duft und sah weder Japan noch China.

»Kaffee!« flüsterte er und zwang seine Gedanken nach Afrika. Aber die Bilder blieben blaß. Die Tür bewegte sich, weil die Luft um Jakob plötzlich warm wurde und nach oben stieg.

»Tee!« probierte es Jakob noch einmal.

Nicht Seide noch Geschmack noch Duft noch Geräusch. Marietta deckte sich zu, nachdem es im Raum wieder kühl wurde und Jakob ernüchtert schwieg.

»Verdammt!« sagte er laut. Aber Marietta und das Kind schliefen weiter. Jakob verstand plötzlich, daß sein Reisen auf Worten immer nur Ersatz gewesen war. Er war ins Unbestimmte gereist, hatte nach Unbestimmtem gesucht und war schließlich nirgends angekommen. Deswegen träumte er wohl. Deswegen hatte er angefangen, sich vor dem Träumen zu fürchten. Seine Träume waren so:

Er stieg durch die Teefelder Assams hoch hinauf in ein leeres Schloß, ging über knarrendes Parkett durch die Räume und lehnte sich vorsichtig aus den Fenstern. So tief unten lag das Land, daß Jakob Höhenangst hatte. In seinen Träumen hatte er oft Höhenangst.

Oder er fuhr mit einem schwankenden, offenen Lift hinunter auf einen Bahnsteig. Zigeuner warteten dort auf ihren Zug. Unter ihnen eine junge Frau, von der Jakob wußte, daß sie ihn liebte und daß er sie wiederliebte. In den fünf Minuten, bis der Zug fuhr.

Aus diesen Träumen wachte er verstört auf, denn er liebte Marietta. An manchen Tagen, wenn sie nachmittags auf dem Sofa lag und eingeschlafen war, breitete sich ihr Haar wie eine Flüssigkeit in Wellen um ihr schmales Gesicht. Wenn er dann die Hand auf ihren Kopf legte, federte sie leicht zurück.

»Verdammt!« sagte er noch einmal, aber leiser, weil er trotz allem nicht wollte, daß Marietta und die Tochter aufwachten. In dieser Nacht träumte er davon, daß er seine Arbeiter mit Gold bezahlte; einen um den anderen, bis er mit leerer Börse dastand. Dann war er mit einem kaputten Fahrrad am Fluß und wollte durchfahren. Aber der Fluß stieg über die Ufer und Jakob schwamm. Im Schwimmen erwachte er, drehte sich Marietta zu und schob die Hand unter ihre Hüfte, während er wieder einschlief, obwohl er

Lust hatte, leise aufzustehen und durch die Nacht zu wandern.

Am Tage handelte Jakob mit Wohlgerüchen. Das heißt, Jakob handelte mit Kaffee und Tee und Gewürzen. Das zumindest sagte er den Leuten, die ihn nach seinem Beruf fragten. Marietta wußte es besser. Sie hatte sich in Jakob verliebt, als sie ihn eines Tages in einem seiner Läden über eine Kiste gebeugt gesehen hatte, seine Augen geschlossen und so andächtig den Duft des Tees atmend, als bete er. Der Großhandel mit Tee und Kaffee ist seltsam genug für jemanden, der in der Mitte des Landes lebt und von jedem Meer wenigstens vierhundert Kilometer entfernt ist. Zwar ging durch die Stadt ein Fluß, doch war der nicht schiffbar, so daß Jakob zu Beginn seiner geschäftlichen Laufbahn seine Waren durch einen Agenten ordern und per Bahn kommen ließ. Er fuhr immer selbst zum Bahnhof, um dabeizusein, wenn seine Arbeiter die Kisten und Säcke verluden. Aber den Betrieb im Güterbahnhof mochte er nicht; es roch dort nach Vieh, nach Eisen und nach Staub; Gerüche, die nur selten zu Jakob sprachen.

Zu Anfang, als er noch ein Neuling im Geschäft war, genügten die Düfte, zusammen mit den fremdartig klingenden Namen, Jakob für Minuten reisen zu lassen. Er stand dann inmitten einiger Kisten, auf die mit grauer oder schwarzer Farbe in Schablonenschrift die schönen fremden Namen gepinselt waren. Sogar die Anweisungen klangen fremdartig schön:

Darjeeling, 1st Flush, 60 lbs. Handle with care. Store dry.

Panjab Tea. 1st Flush, 55 lbs. Store in a dry palace.

*Green Tea, Gunpowder Prime Quality. Hong
Kong Shipping Co., Singh Palan Cie. Store in a
dry place.*

*Cogollo. Colombia
Balzacbro Medellin Excelso
Tanzania Coffee Arabica
Coffea rustica. Arabian blend. Dark. Via Ham-
brugh.*

Was mit den Wörtern geschehen konnte, wenn
sich ein indischer oder arabischer Arbeiter, der kaum
lesen konnte, in den Lagerhallen versah und die
Buchstabenschablonen falsch verwendete! Dann
wurde aus dem eilig hingesprühten kühlen, trockenen
Ort ein kühler, trockener Palast. Aber viel mehr amüsierte Jakob, sich vorzustellen, daß es kein Irrtum war,
sondern daß irgendwo in Arabien Menschen waren,
die sich unter Hambrugh eine Stadt vorstellten. Es
mußte eine ganz andere Stadt sein als das Hamburg,
in dem die Kompanien saßen, von denen er Rech-
nungen bezog.

Die Düfte und die Namen. Tee roch nicht so
bitter, wie er schmecken konnte. Tee roch leicht und
grün und man konnte sich fast vorstellen, diesen
Duft zu essen. Das einfache Wort Tee formte sich
aus graugrünen, durchsichtigen Schwaden in der
Dämmerung des Lagers. Tee war ein Zauberwort
und hieß: China, Japan, Indien.

Jakob schmeckte diese Namen, und während er
sie schmeckte, ließ er die Bilder in seinem Kopf
sich entfalten.

Indien: Raschelnde Seide der Plantagenbesitzer-
innen. Frauen, die mit einem Glas in der Hand auf
einer Veranda stehen und den Tee wachsen sehen.

Männer in Tropenweiß. Ein Tropenhelm? Lieber kein Helm. Aber zumindest ein Pferd. Jakob bestimmte seiner Vorstellung vom Plantagenbesitzer ein Pferd. Er ritt selber gerne.

Pflückerinnen, die eintönig singend den ganzen Tag arbeiten. Den ganzen Tag.

Sonne.

Japan: Tee auf den engen Bergen der Insel. Pflückerinnen, die manchmal kichern und manchmal singen und lächeln. Grüner Tee, der mit einem Bambusbesen schaumig geschlagen wird und so schmeckt, wie ihn europäisches Wasser nicht bereiten kann – er schmeckt so, wie er riecht.

China: Tee und Tee und Tee und Bauern in kommunistischer Einheitskleidung, blau oder grau und alle mit einer Mütze. Aber so fern von Beijing, daß sie dem Kommunismus noch glauben, wie es in der Hauptstadt niemand mehr tut, und ganze Familien pflücken mit heiligem Ernst für das Land. Stiller, linder Regen und das dampfende Tal des gelben Flusses. Die Mongolei – das Grasland. Und Schriftzeichen auf Teeziegeln, die Jakob nicht lesen konnte. Das irritierte und faszinierte ihn zugleich.

»Tee«, sagte er damals, als er von der Teekiste aufsah, Marietta und ihr Haar und ihr Lächeln bemerkte, »Tee ist ein Zauberwort. Ich reise, wenn ich Tee sage. Wie kann ich Ihnen dienen?«

Und da verliebte sich Marietta in Jakob, der auf einem Wort reisen konnte.

Damals mochte Jakob seinen Laden vor allem, wenn es im Sommer regnete. Dann stand er manchmal an langen, leeren Vormittagen inmitten der schönen Dinge, die er bei sich versammelt hatte.

Teeschalen aus fast durchsichtigem Porzellan, kleine Bambusbesen zum Schlagen des grünen Tees und schwere Messingmörser, um Ziegeltee zu stoßen. Nichts störte die Düfte, weil die Luft klar und kühl war und nur ein wenig nach Regen roch. An solchen Tagen war es eine wunderbare Sache, ein Teehändler zu sein. An so einem Tag betrat Luise den Laden. Sie schüttelte das nasse, kurze Haar, bevor sie sich von Jakob begrüßen ließ. Sie war eine seiner ältesten Freundinnen, und obwohl sie sich selten sahen, verstanden sie sich auch nach langen Pausen immer ohne die Verlegenheit, die Zeit zwischen manche Freundschaften legen kann. Sie war ein wenig jünger als Jakob und von spröder, schwieriger Schönheit; vielen Männern zu kühl und zu klug. Um allen anderen zuvorzukommen, war sie sich selbst gegenüber brutal ehrlich und verlangte das von allen anderen auch. Besonders von denen, die sie liebte.

»Es gibt ein Problem«, sagte sie.

Jakob lächelte. Er glaubte, das Problem zu kennen.

»Bist du verliebt, schöne Luise?« fragte er.

»Ein bißchen«, sagte Luise, nahm halb verlegen das gläserne Teesieb in die Hand und spielte geistesabwesend damit. Manchmal – sehr selten – war sie zu sich selbst nicht ganz ehrlich.

»Ein bißchen viel«, sagte Jakob und legte den Kopf schief, »wer ist es?«

»Ich kenne ihn schon ziemlich lange«, sagte Luise und spielte mit dem Sieb.

»Ich auch?«

»Du auch. Sehr gut sogar.«

»Luise!« sagte Jakob streng. »Du willst doch darüber sprechen. Sag mir einfach den Namen und leg dieses blöde Teesieb weg. Ständig spielt jeder damit. Hermann hat schon zwei davon zerstört.«

Das Teesieb zersprang.

Jakob drehte sich um. Er sah das Teesieb an. Er sah Luise an.

»Ach so«, sagte er leise, »ach so. Hermann ...«

Sie nickte. »Ich sage ja, es gibt ein Problem.«

»Willst du Tee?« fragte Jakob nach einer kleinen Stille und lächelte Luise schief an. Als sie nickte, zitierte er: »›Man trinkt Tee, damit man den Lärm der Welt vergißt.‹ Laß mich sehen, ob ich den richtigen für dich finde.«

Draußen regnete es stetig, der Regen hatte alles beschleunigt. Die wenigen Menschen vor den Schaufenstern eilten, die Autos hasteten zischend die überschwemmte Straße entlang, als könnte man in ihnen naß werden, nur im Haus gegenüber stand jemand am Fenster eines Büros und sah verloren hinaus. Nie zuvor war Luise aufgefallen, wie sehr Jakobs Laden dem Inneren eines Schiffes glich. Die langen, schmalen, glänzend lackierten Dielen verstärkten diesen Eindruck, weil der Boden sich leicht wölbte. Die Teekisten, die lange Theke, das Messing – durch den Regen von der Welt abgeschlossen, war es ein wenig so, als wäre man auf eine Reise gegangen.

»Regentee?« überlegte Jakob laut, als er vor seinen Regalen stand. »Nein. Zu dünn. Regentee«, wandte er sich an Luise, »wird während der Monsunzeit geerntet. Sehr hell und nicht sehr ergiebig. Aber für heute ...«, er deutete nach draußen.

Luise lächelte ein wenig. Über ihr immer noch feuchtes Haar zog für einen Augenblick ein feuchtwarmer, tropischer Hauch und ihre Kopfhaut zog sich zusammen.

»Nein«, sagte Jakob nachdenklich, »für die Liebenden braucht man einen grünen Tee. Oder blau?«

Luise hatte sich inzwischen gesetzt und sah Jakob überrascht an. »Blau?«

»Im letzten Jahrhundert«, erzählte Jakob auf der Leiter stehend, während er weiter die Tees in den Hochregalen durchging, »hieß es in England auf einmal, grüner Tee sei ungesund. Und da begann man in China, den Tee blau zu färben. Drei Teile Berliner Blau und vier Teile gebrannten Gips fein gestoßen über den röstenden Tee gegeben, schon fertig. Die Arbeiter, die damals den Tee mischten, kamen immer mit blauen Händen nach Hause.«

Er klopfte nachdenklich an eine Dose. Luise meinte auf einmal einen klaren, herb-grünen Geruch wie von frisch röstendem Tee zu riechen.

»Karawanentee?« fragte sich Jakob. »Ach ja. Für unsere verliebte Revolutionärin Tee aus den Petersburger Handelshütten. Wenn man eine lange Winterzeit überstehen muß.«

Es schien, als ob in Jakobs kühlem Laden plötzlich Schneeluft wäre.

Mit ein paar raschen Handgriffen hatte er weiße Probiertassen aus dem Regal geholt, schnell war Wasser zum Kochen gebracht und wieder abgekühlt worden, die Teemenge abgemessen und der Tee aufgegossen.

»Und«, sagte Jakob, als er eine zweite Dose nahm, »Scented Poochong. Ein besonders feiner Tee. Mit Jasminblüten getrocknet. Der ist«, er sah sie lächelnd mit halbem Ernst an, »um das Spröde weich zu machen.«

Luise trank abwechselnd beide Tees. Es regnete immer noch. Sie hätte sich nicht gewundert, wenn der Laden leicht gerollt hätte, wie ein Schiff. Plötzlich kam ihr ein Gedanke und sie mußte halblaut lachen.

»Ja?« fragte Jakob, der schweigend sortiert hatte.

»Und welchen Tee würdest du Hermann geben?«

Jakob lächelte breit. »Billigen.«

Luise lachte. Und dachte für einen Augenblick an nichts anderes.

Es gab damals niemand anderen in dieser Stadt, der Tee so verkaufte wie Jakob.

Aber jetzt genügte es ihm nicht mehr, mit Wohlgerüchen zu handeln. Düfte wie Farben in seinem Laden wirbeln zu lassen. Und auch Wörter genügten nicht mehr.

Als Jakob an diesem tropfenden Septemberabend nach Hause ging, dachte er über seine Freunde Hermann und Luise nach. Luise liebte Hermann – die schöne, kluge Luise. Aber Hermann, der kluge, witzige Hermann, liebte nicht Luise. Das war alles. Wie konnte es sein, daß daran das Glück eines Menschen hing? Wie kann es sein, dachte Jakob, während er gegen den unruhigen, feuchten Wind anging, daß Verliebtheit so unglücklich macht? Warum ist es so, daß man sein ganzes Leben schön zusammenfaltet und es gläubig und vertrauensvoll dem Nächsten in die

Hand gibt und der sagt höflich danke schön und legt es in die Schublade zu den anderen? Was ist an der Liebe, am anderen?

Jakobs Gedanken schweiften von Luise ab und er dachte an seine Träume. Wonach, fragte er sich, sehne ich mich eigentlich?

Ich fühle gar nichts, dachte er verwundert, und als er das dachte, war es, als zerbräche etwas – so wie das Teesieb, beiläufig und nicht allzu laut.

Ich fühle nichts, dachte er erstaunt und begann, in seinem Inneren zu kramen:

Marietta. Wenn er ehrlich war, konnte er nicht mehr sagen, ob es Liebe oder nur noch Gewohnheit war.

Hermann. Ist ein Freund nicht wie der andere?

Seine Tochter. Die Liebe zu den Kindern ist die Verantwortung eines Ehrenmannes.

Ehre. In dieser Zeit? Heute? Im Auto oder vor dem Computer?

Gott. Der Glaube ist auf dem Weg verlorengegangen.

In Jakob stieg etwas Bitteres hoch. Wenn alter Tee zu lange zieht, dann wird er häßlich braun und verliert allen Geschmack und es bleibt nur die Bitterkeit der Gerbsäure, die den Mund schal und trocken macht.

»Ich fühle nichts«, sagte Jakob halblaut und ging schneller, »ich fühle nichts«, wiederholte er, während er durch den schwachen Nieselregen ging. Und plötzlich schrie er, so laut er konnte: »Ich fühle nichts. Gott! Ich fühle nichts!«

Er brüllte die drei Worte in die abendliche Stadt, aber kein Fenster ging auf, so daß es war, als hätten sich die Bewohner geeinigt, Jakobs Schreien nicht zu hören.

Er hörte auf, weil er sich plötzlich unehrlich vorkam: Er war ja gar nicht wirklich verzweifelt. Er war bloß leer. Ein wenig verlegen wurde er still und ging rasch weiter. Als er vor seinem Haus stand, zögerte er, dann ging er weiter und zum Fluß hinunter. Da stand er auf der Brücke und sah ins Wasser.

In den Träumen fühlte er. Nur im Traum fühlte er mit tiefer Klarheit ungemischte Gefühle:

Als Dreizehnjähriger hatte er geträumt, sein Vater sei gestorben. Mit tränenüberströmtem Gesicht war er aufgewacht.

Mit acht hatte er von dem Zirkusmädchen geträumt, dessen Gesicht im Traum nicht erschien, und hatte sie geliebt, so geliebt.

Dann hatte er nicht mehr geträumt, bis er dreißig war.

Mit dreißig Jahren hatte er von der Zigeunerin auf dem Bahnhof geträumt und sie verzweifelt geliebt. Jakob wußte nicht, warum er sie verzweifelt liebte, aber das war es eben: eine so tiefe Liebe, wie er sie noch nie gefühlt hatte; und so verzweifelt, weil sie nicht beieinander sein konnten.

Am Tage spürte er nichts davon.

Ich weiß nicht einmal, dachte Jakob, ob ich mich wirklich danach sehne. Vielleicht will ich bloß wieder fühlen, daß ich mich überhaupt nach etwas sehne. Er spuckte verächtlich ins Wasser.

»Jakob«, sagte er abfällig zu sich selbst, »du bist satt und hättest gern Hunger. Armer Jakob.«

I ch werde nach Hamburg reisen«, sagte er am nächsten Morgen während des Frühstücks. Der Tee schmeckte klar und war von zarter Bitterkeit.

Marietta sah ihn an. »Warum?« fragte sie.

Jakob zuckte ungeduldig mit den Achseln.

»Keine Ahnung«, sagte er, »ich habe keine Lust mehr, an den Bahnhof zu gehen.«

»Aber du kannst doch Lastwagen kommen lassen«, sagte Marietta. »Alle anderen lassen ihre Waren mit Lastern kommen.«

»Ich kann Tee nicht auf Lastern kommen lassen. Dann stinkt alles nach Diesel.«

»Jakob«, sagte Marietta und versuchte, dabei ein Lächeln zu unterdrücken, »alles kommt mit Lastern: Eis, Obst, Fisch, Salat. Stinkt die Butter nach Diesel?«

Sie hielt ihm die Butter unter die Nase, und während Jakob störrisch nicht daran roch, stupste sie ihm plötzlich rasch ins Gesicht, daß er lachen mußte.

»Bah! Dieselbutter!«

»Du willst bloß um jeden Preis altmodisch sein. Aus demselben Grund haben wir kein normales Telefon und kein Faxgerät im Büro.«

»Wenn wir nicht da sind«, meinte Jakob würdevoll und wischte sich die Butter mit einem Zipfel des Tischtuchs aus dem Gesicht, »sind wir nicht da. Am Sonntag verkaufe ich keinen Tee. Und an den anderen Tagen vermutlich auch nicht mehr, wenn er nach Diesel stinkt. Wußtest du, daß der Karawanentee früher viel teurer war, weil er nicht nach muffigem Schiffsdeck roch?«

»Aber wir haben ein Auto, du hast einen Computer, wir heizen mit Öl ...«

»Tee, geliebtes Weib«, sagte Jakob mit halbem Ernst, »ist etwas anderes. Kaffee ist auch etwas anderes. Kakao und Gewürze ... das kann man nicht im Laster mit tausend anderen Sachen zu uns bringen. Das ist, als ob du Liebesbriefe mit dem Computer schreiben würdest oder mit diesem unmöglich häßlichen Auto in die Kirche fahren würdest.«

»Ich wollte, ich könnte, dann käme ich nicht immer zu spät. Und überhaupt, die Amerikaner machen das. Du hättest am liebsten, sie würden den Tee heute noch mit Klippern bringen. Und würdest am liebsten mit einem Auto fahren, bei dem man das Getriebe noch von Hand schmieren muß.«

»Immerhin würde so ein Auto nicht zu mir sagen: ›Biegen Sie da vorne links ab!‹, wenn da eine Sackgasse ist. Ein Auto ist nur ein Auto, wenn man darin den Hut aufbehalten kann. Telefone sollten die richtigen Geräusche machen und nicht immer runterfallen wie dieses Plastikzeug.«

»Oh, jaja, ich weiß«, sagte Marietta liebevoll, stand auf und umarmte ihn, als ob sie ihn festhalten wollte, »du hättest dein Leben am liebsten schwarzweiß und in Casablanca.«

»Wie wahr!« seufzte Jakob ironisch. »Und deshalb fahre ich nach Hamburg. Das liegt gleich daneben. Ich werde ihnen sagen, daß sie den Handel mit unserem Städtchen vergessen können, wenn sie den Tee nicht mit Segelschiffen die Elbe heraufbringen.«

Ein bißchen später, als Jakob fort war und Marietta noch am Frühstückstisch saß, sagte sie leise zu

Jakobs leerem Stuhl: »Hamburg! Es ist gar nicht Hamburg.«

Die Tochter fragte: »Wo ist Hamburg?«

»In Papas Kopf«, sagte Marietta zu ihr. »Oder in seinem Herzen«, sagte sie zu sich selbst.

An diesem Tag stand Jakob auf dem Trokkenboden der Gewürzmühle und beobachtete das Wiegen, das Messen und das Umschaufeln der Gewürze. Manchmal mochte er das Wort Gewürze lieber, an anderen Tagen wieder nahm er sich das alte Wort und sagte: Spezereien. Das klang dann nach Kolonialwarenhandlung, nach den sonnendurchwärmten Ziegeln der Lagergebäude und nach dem Holz von Schiffen und Fässern. Die Gerüche seiner Spezereien waren so vielfältig, daß sie sich für einen zufälligen Besucher kaum hätten voneinander unterscheiden lassen. Zu viel schwebte da flirrend im Raum und tanzte in schrägen Sonnenbalken, die durch die wenigen, hoch liegenden Fenster kamen. Die Luft war dick von Sommerhitze. Im Augenblick wurde Vanille gemahlen, und der Mahlstaub setzte sich in Jakobs Kopf wie ein Rausch. Vanille war der Duft von nach dem Sex, dachte Jakob, ein bißchen übersüß. Eine schale Süße wie der Atem, den man sich gegenseitig vom Mund trinkt. Der Duft von Sattheit kurz vor dem Widerwillen.

Die Gewürzmühle war eine von Jakobs Verrücktheiten, denn diese Gewürzmühle war die einzige, die so tief im Binnenland stand. Jakob hatte sie in eine der wenigen übriggebliebenen Großscheunen der Stadt bauen lassen, bevor diese verkauft und in schicke Lofts verwandelt werden konnte. Als Jakob die Scheune kaufte, hatte Marietta nur gelacht. Sie liebte seinen Leichtsinn, mit dem er plötzlich in verrückte Pläne Geld steckte. Und schließlich – solange er in Träumen reiste und sie in seiner Heimatstadt nachbaute, war er bei ihr.

Hamburg, dachte er, vielleicht scheint in Hamburg die Sonne heißer. Vielleicht, dachte er, gibt es in Hamburg ein Mädchen, von dem man nachts träumt und aufwacht und meint, man müßte weinen, so drückt es einem die Kehle zu. Quatsch, dachte er. Er meinte, einmal gelesen zu haben, daß es im Sommer im Norden manchmal heißer sein konnte als in den ewig gleich warmen Tropen, wo all sein Reichtum herkam. Über die Laufkatze an einer Schiene im Dachstuhl war ein Seil geworfen, an dem hielt Jakob sich nun fest und schwang sich ein Stück höher auf einen der Balken. Er balancierte rasch hinüber zu der Fensterreihe im Dach. Schon als Kind hatte er es geliebt, im Sommer auf dem Dachboden zu sein, weil dort der Sommer ein Bild und die Sonnenstrahlen sichtbar wurden. Er öffnete eines der Fenster und lehnte sich hinaus. Die überhitzte Luft aus dem Trockenboden wirbelte um ihn herum, hinaus in den Nachmittag und würde über das Viertel einen Duft nach Vanille, einen Hauch Tropen bringen.

Weit unten auf der Straße gingen zwei junge Frauen in kurzen wippenden Röcken über braunen Beinen und Jakob hatte plötzlich das Gefühl, als entglitte ihm der Sommer. Als gäbe es hier gar keinen Sommer.

»Wir bringen unser Leben hin wie ein Geschwätz«, murmelte er wie eine Beschwörung. Ein Satz, den er einmal gelesen hatte und der sich in sein Gedächtnis eingegraben hatte, »wir bringen unser Leben hin – wie ein Geschwätz.«

Ein kurzer Hitzeschwall wehte durch den Trockenboden, nahm Vanille, Pfeffer und Kümmel auf und mischte einen unangenehm schweren Geruch. Jakob bemerkte es und verzog die Lippen. War das alles, was geblieben war? Früher war er auf Java gewesen, wenn er Vanille gesagt hatte. Und jetzt nur ein heißer Windstoß. So ähnlich wie das kurze höhnische Blähen der Segel eines Schiffes, das seit Wochen auf spiegelglattem Wasser in der Flaute liegt.

Plötzlich warf er unmutig das Fenster zu, sprang vom Balken in einen Haufen Pfeffer, der seinen Sprung dämpfte, und verließ die Mühle.

Im Jahre 1826 reiste der Arzt Philip Franz von Siebold nach Japan, beschaffte sich dort unter dunklen Umständen Teesamen und führte ihn nach Java aus, wo er von den niederländischen Behörden eine angemessene Belohnung erhielt. Noch für lange Zeit aber durfte kein Privatmann Tee pflanzen. Tee, das war Macht und Monopol in den Händen der Regierenden. Zu jener Zeit war Japan das Land des Teeweges, des *cha-dô*; die Teezeremonie schon nahezu vierhundert Jahre alt und der regierende Shôgun aus dem Hause Tokugawa hatte eigene Beamte eingesetzt, die sich der Bereitung des Tees zu widmen hatten. Die Ausfuhr von Teesamen kam einem Kapitalverbrechen gleich.

Im Jahre 1780, sechsundvierzig Jahre vor dem Abenteuer des Philip Franz von Siebold, grub ein britischer Oberst im Garten seines tropisch weiß angelegten Hauses in Kalkutta eigenhändig Löcher, in die er sorgsam ein Teebäumchen nach dem anderen setzte, die er unter Mühen aus China heil nach Indien gebracht hatte. Auf dieser Fahrt war der Mannschaft – ja selbst den Offizieren – ein Teil des Trinkwassers vom Munde abgespart worden, um die empfindlichen Bäumchen zu retten.

Im Jahre 1823, nur drei Jahre vor dem Abenteuer des deutschen Arztes, reisten zwei Offiziere der britischen Marine, Bruce und Charlton, durch den ewig triefenden Dschungel von Assam. Erst nachdem sich die beiden bereits eine ganze Weile durch Unterholz geschlagen hatten, erkannten sie plötzlich, durch welche Pflanzen sie sich Bahn brachen:

Regennaß, glänzend grün schoß dort der Tee, den man heute unter dem Namen Assam kennt, ungewöhnlich hoch auf.

Als Jakob Marietta das erste Mal eingeladen hatte, mußte sie sich mit verbundenen Augen in die Wohnung führen lassen, in der Jakob damals lebte. Diese Wohnung hatte hohe Fenster, hohe Decken und Parkett. Es gab nur wenige Möbel, die verloren im großen Zimmer standen, zwei feine, rätselhafte Tuschezeichnungen an den Wänden und ein chinesisches Tuch, nachlässig über einen der Sessel geworfen.

»Eine Überraschung?« hatte Marietta lachend gefragt. »Für mich?«

Und als sie in den Raum gekommen waren, fragte sie ungeduldig: »Darf ich die Augen jetzt aufmachen?«

»Nein«, sagte Jakob, »jetzt noch nicht.«

Er führte sie durch den ein wenig hallenden Raum in die Nähe des Fensters.

»Setz dich hin«, sagte er lächelnd, »und laß die Augen zu.«

Marietta lauschte. Er ging in einen anderen Raum. Dann hörte sie, wie ein kleiner Wagen in den Raum gerollt wurde.

»Er quietscht«, entschuldigte sich Jakob.

»Darf ich jetzt …?«

»Nein. Mach den Mund auf.«

»Einfach so? Sag wenigstens, was für Käfer du gesammelt hast.«

Jakob lächelte. »Los! Mach den Mund auf.«

Sie öffnete ihn, aber erst nach einem kleinen Zögern, denn sie kannte Jakob noch nicht lange.

»Nicht so weit!« lachte Jakob und hielt ihr einen Tassenrand an den Mund. Marietta probierte mit den Lippen vorsichtig die Temperatur. Sie war genau richtig.

»Tee!« sagte sie.

»Ganz ausgezeichnet«, hörte sie Jakobs Stimme wieder lächeln, »Tee. Brasilianischer Imperial. Pekoespitze. Einer der feinsten Tees der Welt. Dieser Tee ist das einzige Getränk neben Kaffee, in dem man Brasilien schmecken kann. Das andere Brasilien; nicht die Copacabana. Das stille. Den brasilianischen Regen. Schmeckst du ihn?«

Marietta nahm noch einen kleinen Schluck. Die Luft um sie herum wurde warm und sie hörte plötzlich auf den Regen, der draußen fiel. Sie nickte.

Es klirrte leise, als Jakob die Tasse zurückstellte und eine andere aufnahm.

»Tee aus dem Himalaja nahe Darjeeling. Orange Pekoe Souchong. Probiere.«

Marietta schmeckte einen Tee, der sich vom vorangegangenen stark unterschied; nur wußte sie nicht zu sagen, wie.

»Er schmeckt ... fein.«

»Er ist fein«, bestätigte Jakob, »das Beste, was man aus Tee machen kann. Die Pflückerinnen im Himalaja sagen dazu: Wir pflücken den Duft. Es ist ein ganz heller Tee.«

»Darf ich sehen?« Marietta zog leicht fröstelnd die Schultern unter einem kühlen Zug zusammen. »Und außerdem wird es kühl.« Sie hörte ihn leise lachen.

»Nein, meine Liebe, du darfst nicht. Du darfst mit der Zunge sehen.«

Eine andere Tasse berührte mit dünnem Rand ihre Lippen.

»Assam!«

Draußen mußte der Regen aufgehört haben und die Sonne herausgekommen sein, denn die Kühle verflog und Marietta spürte plötzlich eine kräftige Wärme auf der Haut.

»Grüner Tee.«

Teeschaum kitzelte Mariettas Lippen. Die Brise, die durch das geöffnete Fenster zog, schmeckte leicht salzig nach Meer.

»Oolong.«

Marietta wurde mit all den Tees immer wärmer. Ihre Wangen glühten.

»Deine Lippen glänzen«, sagte Jakob. »Du siehst schön aus.«

Marietta machte eine Bewegung nach dem Seidenschal über ihren Augen.

»Noch lange nicht«, sagte er und faßte nach ihrer Hand. »Oder willst du nicht mehr?«

»Doch, es ist schön«, sagte sie, »aber ich würde dich gerne sehen.«

»Nichts da!« sagte er gespielt herrisch. »Hier wird probiert!«

Marietta ließ sich von Tee zu Tee führen. Jakob sang die Bezeichnungen aus wie ein Lotse auf einem Schiff: »Grüner Jasmin – Japan. Broken Orange Pekoe – Persien. Pekoe Fanning – Türkei. Pekoe – Schwarzes Meer. Sri Lanka. Malaysia. Kamerun.«

Jeder Tee schmeckte anders und Jakob ließ sie nie die Tasse austrinken. Immer bekam sie nur einen Schluck aus Bechern, feinen und groben Tassen, Schalen und getrockneten Kürbishälften.

Die Luft wirbelte kühl, warm, heiß, feucht und wüstentrocken um sie herum, während Jakob von den Ländern erzählte, in denen der Tee wuchs. Marietta hatte nie zuvor – und später nie wieder – Tee so geschmeckt. Jakob ließ sie auf dem Geschmack des Tees reisen.

Hinter Mariettas geschlossenen Augen: ein Wirbel von Bildern; alle zu kurz, um festgehalten zu werden, wenn mit einem neuen Duft, einem neuen Geschmack auch schon wieder ein neues Land auftauchte. Sie fühlte, daß ihre Lippen ein wenig geschwollen waren; sie waren voll geworden durch die ständige Berührung mit der Hitze des Tees.

»Ziegeltee. Mongolei«, sagte Jakob.

Unvermittelt küßte er Marietta, und er schmeckte nach Tee, denn er hatte von jeder Tasse genau dort, wo Mariettas Lippen sie berührt hatten, getrunken.

»Weißer Tee!« sagte er schließlich.

Marietta legte den Kopf fragend schief.

Jakob nickte. »Eine Kostbarkeit. Es gibt ihn nur in China. Seine Blätter sind silbrig«, ein Hauch von Wärme erreichte Mariettas Haut, »und mit weißem Flaum.«

Seine Lippen berührten ihre Haut, die zart schauerte.

Der Seidenschal blieb, als sie sich auszog, ausziehen ließ, Jakobs Lippen den Kleidungsstücken folgten, Marietta ihr Gesicht in seine Hände tauchte, die nach Tee und Jakob und Wärme dufteten, und sie schließlich auf dem kühlen Parkett miteinander schliefen; solange blieb der Seidenschal, solange schwiegen beide, bis Marietta erzitterte und Jakobs

Rücken sich vom glattwarmen Parkett in schönem Bogen hob.

Marietta sah sich um. »Du wohnst«, flüsterte sie, weil es Nacht geworden war und die Stadt wie eine Großstadt im Sommer summte, »wie ein Reisender.«

Es wurde eine durchliebte Nacht, und als der Morgen heraufkam, lag Jakob auf Mariettas Haaren und hatte seine Hand unter ihre Hüfte geschoben.

Ein überhebliches Licht dämmerte durch die halboffenen Fenster herein, als er aufstand und nackt, wie er war, den Teewagen aus dem Zimmer trug, um Marietta nicht durch das Quietschen der Räder zu wecken. Nackt ging er auch in die Küche und setzte Wasser für Frühstückstee auf. Er nahm es nicht aus der Leitung, denn Jakob ließ das Wasser für seinen Tee aus einem Brunnen des Umlands kommen. Rasch zog er sich an, ging durch den frühen Morgen zur Bäckerei, atmete den Geruch von frischem Brot, von Malz aus der nahegelegenen Brauerei, sah, daß der Tag sonnig werden würde, und kam glücklich zurück. Er bereitete ein Tablett mit einem Stövchen für die gläserne Teekanne, mit Tellern, Brötchen, Butter und Honig und trug es zu Marietta. Mit einem kleinen Fächer, der einmal einer Teelieferung als Geschenk beigelegen hatte, fächelte er Marietta den Duft zu, bis sie aufwachte, ihn schläfrig ansah, lächelte und sagte:

»Ich habe Hunger.«

Sie frühstückten mit dem scharfen Hunger nach einer durchliebten Nacht, dann stellte Marietta die halbleere Kanne vorsichtig vom Bett, sah Jakob an und sagte: »Schlaf mit mir.«

So begann Jakobs Liebe zu Marietta.

Tee ist eine der verderblichsten Waren, die aus Asien nach Europa kommen. Man kann Tee nicht in Säcken wie Kaffee transportieren, denn schon ein Spritzer Salzwasser, eine Berührung mit anderen, stark riechenden Waren oder vielleicht auch nur die Feuchtigkeit der Seeluft würden das Aroma zerstören. So wurde Tee von alters her in leichten, mit Metallfolie ausgeschlagenen Holzkisten transportiert, fast wasser- und luftdicht. Die Zunft der Metallschläger hatte seit jeher das Blattgold hergestellt, das die Gläubigen mit feinen Pinseln auf die Füße der Buddhastatuen legen, und nun schlugen sie Bleifolien für Teekisten. Man nannte sie die Männer mit einem goldenen und einem silbernen Flügel. Trotz ihrer Mühe litt der Tee nach wie vor während der langen Überfahrten. Das konnte aber der Britisch-Ostindischen Kompanie gleichgültig sein, schließlich importierte außer ihr niemand Tee nach England. Nur auf dem Karawanenweg über Rußland kam außerdem Tee nach Europa, aber das dauerte fast noch länger als per Schiff. Damals brauchten die Segler der Kompanie fast ein Jahr für Hin- und Rückfahrt. Im Jahre 1833 aber begann mit dem Fall ihres Monopols unbemerkt das Rennen eines halben Jahrhunderts, das Rennen der schnellsten Segelschiffe der Welt, die alle immer nur eines immer schneller transportierten: Tee.

Im Jahr 1850 landete der amerikanische Klipper Oriental eine Ladung des frischesten Tees, der jemals dort gelöscht worden war, an den Londoner Docks an. Neun Jahre später gab es das erste Teerennen.

Immer schmaler wurden die Schiffe, immer leichter und schneller. Sie bekamen Frauennamen und auf ihnen zu fahren erträumten sich die jungen Männer, wenn sie in den Armen ihrer Mädchen lagen.

Im Juni 1866 liefen binnen einer Woche elf Klipper aus dem Hafen von Fochoow aus. 99 Tage später lieferten sich die zwei Mal dreißig Schiffsjungen der Ariel und der Taeping in den Wanten ihrer Schiffe einen wahnsinnigen, waghalsigen Wettkampf die Themse hinauf. Nicht einmal zehn Minuten betrug der Abstand, in dem sie die Downs passierten und bald darauf die Ariel nur noch mit wenigen hundert Yards führte, bevor beide Schiffe in Sichtweite des Hafens die Segel reffen und auf die Schlepper warten mußten. Und nur mit einem Zögern und dem bitteren Geschmack von Kohlenstaub im Mund warf der Kapitän der Taeping eine Viertelstunde später sein Probenpäckchen für die Mincing Lane aufs Pier – sein Dampfschlepper hatte zufällig eine stärkere Maschine gehabt und die Ariel überholt …

Drei Jahre später verkürzte der neu gebaute Suezkanal die Strecke nach Indien um nahezu 12 500 Kilometer.

Jakob ging durch eine unbeständige Kühle an diesem Tag. Der Frühsommer war einer plötzlichen Trübnis gewichen. Wind stieß durch die Straßen der Stadt, aber der Himmel war hoch geblieben. Für Jakob war das gefährliches Wetter. Die unmögliche Mischung, aus der er bestand, reagierte mit der Unbeständigkeit solch kühler Sommertage wie Tee, der den Geruch der Schiffsrümpfe annahm und immer nach Meer schmeckte. Das waren Tage, an denen seine Unzufriedenheit wuchs und er nicht die Macht hatte, sie daran zu hindern. Er merkte kaum, daß ihn der Heimweg immer mürrischer machte. Er wünschte sich fort, aber er wußte nicht, wohin. Die Stadt erschien ihm grauer denn je. Das seltsame Sonnenlicht, das ab und zu zwischen den rasch ziehenden Wolken aufleuchtete, ließ die Häuser schäbig erscheinen; wenig großstädtisch und ... Jakob wußte es nicht zu benennen. Es fehlte einfach etwas. Als er nach Hause kam, war er verstimmt und unmutig.

Ich lebe in einer engen Welt der alten Wörter, dachte er, es gibt keine neuen. Selbst die neuen Dinge benennen wir mit alten Wörtern. Und für die Dinge, nach denen man sich sehnt, findet man keine. Wenn man die Sehnsüchte benennen könnte wie die tausend Düfte der Tees ... Marietta bemerkte nichts von dem, als er die Wohnung betrat. Sie küßte ihn.

Er ließ sich küssen, aber mit offenen Augen und halbem Herzen. Seine Blicke hingen draußen in der grauen Luft.

In dieser Nacht träumte er wieder:

Er war auf einen Turm hinaufgestiegen, in dem ein Restaurant war. Es war noch geschlossen, und die Stühle standen unordentlich im Halbdämmer. Er stand auf der Sonnenterrasse und sah hinunter auf weite, überschwemmte Wiesen. Es schien früher Morgen zu sein. Dann war er plötzlich auf dem Bahnhof. Wieder einmal auf dem Bahnhof, den er schon oft geträumt hatte, aber diesmal dümpelten die Lokomotiven und Züge neben den Bahnsteigen wic Tanker im Wasser. Auf dem stählernen Umlauf einer riesigen Dampflokomotive stand eine junge Frau; mutig und nur in ein buntes Tuch gewickelt. Als er sie umarmte, fühlte sie sich sehnig und stark an. Sie liebte Jakob. Er liebte sie. Sie gab ihm ein schmales Buch zur Erinnerung, als der Zug ablegte.

Als er aufwachte, ging er zum Fenster. Es hatte aufgeklart. Er blieb ein paar Minuten stehen und sah den Mond an und konnte sich – wie so oft – nicht entscheiden, ob er wirklich weinen wollte.

»Wann kommst du zurück?« fragte Marietta, als sie gegen die Abendsonne auf dem Bahnsteig stand und sich in ihren Haarspitzen ein Flimmern fing.

»Ich weiß nicht«, sagte Jakob mit einem halben Lächeln, »in zehn Tagen ungefähr. Ich weiß nicht genau.«

»Eine Woche, ja?« sagte Marietta und lächelte. Jakob kniff die Augen zusammen und glaubte die kleinen Glaskügelchen an den Spitzen ihrer Haare sehen zu können.

»Mal sehen«, sagte er, »solange es eben dauert.«

»Wo fährst du hin, Papa?« fragte die Tochter.

Jakob nahm sie auf den Arm. »Nach Hambrugh, Tochter!«

»Das heißt Hamburg!« behauptete die Kleine selbstbewußt. »Du bist ja ganz schön dumm, Papa. Du weißt nicht mal, wohin du fährst. Und warum fährst du nicht mit dem Auto?«

»Wenn ich nicht weiß, wohin ich fahre, Dummiano, fahr ich doch immer im Kreis. Deshalb fahr ich mit dem Zug.«

»Tschüs, Dummiano!« sagte die Tochter.

»Tschüs, Geliebter!« sagte Marietta.

»Tschüs, Weib!« sagte Jakob.

Jakob küßte das kleine Mädchen. Jakob küßte seine schöne Frau. Dann stieg er ein.

Zehn Stunden später erst stieg er in Hamburg-Altona aus, weil er es liebte, mit den langsamen Zügen durch die Nacht zu fahren. Dort nahm er die S-Bahn und fuhr in einem Wagen, dessen Tür nicht richtig schloß, durch einen heraufdämmernden, bald strahlenden Sommermorgen ziellos durch und über die Stadt. Er frühstückte in einem Café nahe dem Fischmarkt. Danach machte er eine Hafenrundfahrt. Als sie den Kaffeehafen passierten, roch es überwältigend nach röstendem Kaffee.

»Wir lagern hier«, erklärte das Boot den Touristen voller Stolz durch seine Lautsprecher, »jederzeit um die sechzigtausend Sack Kaffee à 60 Kilo.«

»Ich weiß«, lächelte Jakob leise, »zwölf davon kaufe ich jeden Monat.« Er spuckte gedankenverloren ins Wasser. Die Sonne schien. Alles war falsch.

Er fand nicht zurück.

»Kaffee!« sagte er. Aber es war nur der echte Duft, den er roch, und er wußte, der Kaffee aus diesen Bohnen würde ihn so enttäuschen wie der Kaffee zu Hause. Immer roch er besser, als er schmeckte; versprach mehr, als er halten konnte. Und so war es mit den Wörtern auch, dachte er plötzlich ernüchtert, kein Mensch kann auf Wörtern reisen.

An den nächsten zwei Tagen wickelte er seine Geschäfte ab, besuchte seine Handelspartner, ließ sich mit freundlicher Miene durch Lager und Rösterei führen, aß zusammen mit dem Juniorchef Nordseekrabben in einem teuren Hamburger Restaurant und hätte am dritten Tag nach Hause fahren können. Diesen Tag nahm er sich, um noch einmal durch die Stadt zu gehen. Einfach so. Ohne bestimmtes Ziel.

Mit der Sehnsucht, dachte Jakob, als er gegen das Eisengeländer einer Brücke über die Alster gelehnt stand, muß man einfach leben.

Von der Fußgängerbrücke führte eine kleine Treppe hinab zum Gehweg am Fluß. Jakob ließ sich treiben. Ein Flugzeug malte ein Herz an den Himmel.

Pas pour moi, dachte Jakob unzufrieden. Dann betrat er ein Antiquariat, stöberte eine halbe Stunde und kam mit zehn Büchern wieder heraus, darunter lang vergriffene Bücher seiner Jugend. Ein ganzes Stück fröhlicher ging er zurück zum Hotel, ließ die Bücher dort, um den Nachmittag unbelastet durch die Stadt gehen zu können. In der Halle überlegte er es sich, ging zurück und holte eines der Bücher wieder. Auf der Suche nach einem geeigneten Platz, um den Nachmittag lesend zu verbringen, landete er beim Bahnhof. Ans Meer war es nicht einmal eine Stunde mit dem Zug und er hatte ja keine Eile, aber nachdem er eine Weile in den glänzenden Hallen gestanden hatte, entschloß er sich plötzlich gegen die Zug-, Bus- oder Taxifahrt an einen ruhigen Strand.

Aus dem Bahnhof kommend, wandte er sich nach rechts, ging einige hundert Schritte und betrat das Museumscafé. Er sah sich um. Jetzt, im Sommer, waren die hohen Fenster geöffnet. Der Raum war so, wie es eine der sieben Regeln des großen Teemeisters Rikyû vorschrieb: Schaffe im Sommer ein Gefühl von Kühle. Er lehnte seinen Stuhl an die Wand, stützte den Arm auf das Fensterbrett und sah erst eine Weile in die Geschäftigkeit unter ihm auf der Straße. Er hatte Tee vor sich; nicht besonders zubereitet, aber merklich kein schlechter Tee. Dann erst schlug er sein Buch auf. Der Wind blies Sonnenstrahlen herein und den Geruch von Wasser. Jakob trank einen Schluck und hätte am liebsten geschrien oder seinen Kopf gegen die Wand geschlagen, weil er nicht wußte, wonach er sich sehnte und warum er, verdammt, nicht zufrieden war. Geschrien, lauter, als er wirklich schreien konnte, und minutenlang.

Aber er schlug nur das Buch auf.

Er kannte die Erzählungen und suchte eine, die zu seiner Stimmung paßte. *Die Portugiesin* von Musil. Allein der Anfang nahm Jakob immer wieder gefangen: *Sie hießen in manchen Urkunden delle Catene und in anderen Herren von Ketten; sie waren aus dem Norden gekommen und hatten vor der Schwelle des Südens halt gemacht ...*

Jakob trank einen Schluck Tee. Als er die Augen wieder dem Buche zuwandte, hielt er, ein wenig erstaunt, inne. Der Tee begann, ein recht eigenartiges, sehr würziges Aroma zu entfalten. Jakob überraschte das; er hatte gemeint, die meisten Teesorten doch erkennen zu können.

Denn alle Ketten waren glänzende Kavaliere, bloß zeigten sie es nur in dem einen Jahr ihres Lebens, wo sie freiten; ihre Frauen waren schön,

weil sie schöne Söhne wollten, und es wäre ihnen
anders nicht möglich gewesen, in der Fremde, wo
sie nicht so viel galten wie daheim, solche Frauen
zu gewinnen; sie wußten aber selbst nicht, zeigten
sie sich in diesem einen Jahr so, wie sie wirklich
waren, oder in all den anderen.

Er trank Tee und las, während die Sonne und die
Erzählung sich im Bogen senkten und der Nachmittag immer später, heißer und leerer wurde.

Als Jakob das Buch zuklappte und das letzte Glas
Tee trank, spürte er durch das Fenster den Wind,
der wieder auffrischte und den Vorhang ins Café
bauschte. Irgendwo rauschte der Wasserfall unter
der Burg der Catene. Jakob schüttelte unwillig den
Kopf. Die Züge rauschten. Er zahlte und ging ein
wenig schwindlig und vom starken Tee einen Hauch
benommen. Wieder kam er am Bahnhof vorbei.
Ihm fiel die Geschichte von dem Mann ein, der
sich sein ganzes Leben lang weigerte zu verreisen,
aber jeden Sonntagmorgen am Bahnsteig stand.
Was ist der Reiz an einem Bahnhof? Die Sicherheit, immer fortfahren zu können? Die Unsicher-
heit, ins Ungewisse fortzureisen? Zu Hause war der
Bahnhof das ständig Fremde im Vertrauten, und in
der Fremde ist dem Reisenden der Bahnhof das
Vertraute. Bahnhöfe und Häfen – auch wenn man
nicht fährt, sieht man denen gerne zu, die fahren.
Und stellt sich vor, was wäre, wenn man in diesen
Zug eingestiegen wäre oder in den dort drüben.
Der schwebende Augenblick zwischen Bleiben und
Reisen, tausendfach verstärkt durch die Menschen
dort, läßt den Bahnhof summen wie Strom. Er
ging am Polizeibus und den Fixern vorbei in das

lackiert glänzende, spiegelige Innere. Das Gedränge, die Durchsagen und der Lärm verstärkten die Wirkung des Tees und das Flirren seiner Nerven. An den Geschäften vorbei trieb es Jakob zu den Bahnsteigen. Am hintersten stand eine alte Maschine, eine elektrische Lokomotive aus den vierziger Jahren, stromlinienförmig verkleidet. Sie sah grau und schnell aus. Die Waggons waren noch dunkel, man konnte nicht hineinsehen. Eine Gruppe stand dort, bunt, lachend, durcheinanderredend und Abschied nehmend: Das waren Südländer. Jakob konnte nicht sagen, aus welchem Land. Der Bahnsteig füllte sich rasch; es war wohl ein Sonderzug. Die Anzeigetafel war außer Betrieb; man konnte nicht sagen, wohin der Zug fuhr. Noch immer fand Jakob sich nervös vibrierend von dem vielen starken Tee, den er getrunken hatte, und benommen von dem Buch. Er wanderte am Zug entlang und beobachtete die Menschen, während sie einstiegen, sich mit Koffern halfen und sich zum Abschied umarmten. Jakob sah die Dinge wie von ferne. Als er die Gruppe Südländer passierte, löste sich eine Frau und ging auf Jakob zu. Und Jakob sah ohne Zweifel, daß es die junge Frau aus seinem Traum war, an deren Gesicht er sich nicht erinnern konnte. Trotzdem war er sich völlig sicher: Sie war es. Und außerdem erkannte er sie zum zweiten Mal, als sie vor ihm stand und ein bißchen melancholisch lächelnd sagte: »Giacobo delle Catene!«

Das glaubte Jakob nicht. Manche Dinge werden Wirklichkeit, aber die meisten nicht. Träume nicht. Bücher nicht.

»Wie bitte?« fragte Jakob, obwohl er alles gehört hatte. Er hatte nur nicht verstanden.

»Jakob von Ketten«, lachte die Portugiesin; die junge Frau aus seinem Traum, und er schluckte vor plötzlicher Aufregung, »wirst du mich noch lieben, Jakob, wenn ich zurückkomme?«

Sie küßte ihn traurig süß und sein Herz schlug rasend und dann stieg sie ein und der Zug fuhr los, während er neben ihm herrannte und »Ja! Ja! Ja!« brüllte, bis die anderen Menschen ihn belustigt ansahen. Als der Zug den Bahnhof verließ, stand Jakob atemlos am Ende des Bahnsteigs.

Er hatte keine Ahnung, was geschehen war.

Es war später Abend, als er endlich müde vom ziellosen, ratlosen Wandern durch die Stadt war. Jakob war mit dem Blick nach innen durch Hamburg gelaufen, hatte weder Häuser noch Straßen noch die Parks richtig gesehen, weil er nachgedacht und nachgedacht hatte. Er war zu nüchtern, um wirklich an eine Täuschung, eine Halluzination zu glauben, aber trotzdem versuchte er sich die Erinnerung so exakt wie möglich zu bewahren, indem er die Szene immer und immer wieder durchging. Beim Kuß ging jedesmal – auch nach der zehnten Wiederholung – ein Ruck durch ihn und er hätte weinen wollen, weil sie fort war und er sie nicht zurückgehalten hatte. Aber das war nicht das Schlimmste. Das Schlimmste war, daß er nicht die geringste Ahnung hatte, wie er sie jemals wiedersehen sollte.

Mit Träumen, dachte Jakob noch immer zitternd vor innerer Aufregung, hätte ich leben können.

Nachdem Jakob in seinem Hotelzimmer stundenlang zwischen Wachen und Schlafen geschwankt hatte, weil er nicht wußte, ob er Träume fürchten oder herbeisehnen sollte, schlief er endlich gegen Morgen ein und wachte erst um zehn Uhr zerschlagen auf. Beim Frühstück im Hotel las er die Hamburger Zeitungen und hätte beinahe den Bericht überblättert, hätte nicht die charakteristische Silhouette der Lokomotive seine Blicke auf das Bild gezogen, das den Artikel über eine Sonderfahrt des Orientexpreß illustrierte. Jakob starrte es an. Auf dem Bahnsteig; durch die Rasterung fast nicht zu erkennen, sah er sich und die Portugiesin stehen; wohl in dem Augenblick fotografiert, als sie Jakob zu ihm gesagt hatte. Beweis! Beweis! schrie es in Jakob, da ist sie! Aber kurz darauf fragte er sich ernüchtert: Wofür? Daß sie ihn geküßt hatte, wußte er auch so. Daß er sie liebte – auch das. Wofür also? Trotzdem riß er das Bild aus der Zeitung, ließ die Reste seines Frühstücks stehen und ging.

Obwohl sie längst in ihn verliebt war, zwang Marietta Jakob, sie Abend für Abend neu und ein Stück mehr zu erobern. Sie verlangte danach, auf immer neue Weise eingenommen zu werden, woraus Jakob und sie ein Spiel machten. Eines Tages entdeckte sie, warum Jakob auf einem Wort reisen konnte. An diesem Abend – es war im Herbst nach ihrem ersten Sommer – stand sie in Jakobs Wohnung vor den Büchern.

»Hast du sie alle gelesen?« fragte sie.

Jakob nickte. »Fast alle.«

»Lies mir etwas vor«, sagte Marietta und warf sich bäuchlings auf Jakobs Bett. Ihre Haare federten um sie herum.

»Und was?« fragte Jakob, der schon an seinem Regal entlangging.

»Etwas Lustiges. Oder Erotisches. Aber keinen Schweinkram!« rief sie entrüstet und richtete sich in komischer Empörung auf, als hätte Jakob ihr genau das vorgeschlagen.

Jakob überlegte, zog ein Buch heraus. »Lustig und erotisch und Schweinkram«, sagte er, »mach Platz:«

Er setzte sich neben sie und schlug das Buch auf.

»*Sie hieß Lydia*«, las er, »*und sie hatte eine Altstimme ...*« Und während er las, merkte Marietta, daß Jakob sie – anders als an jenem ersten Abend – zu verführen begann, ohne es zu wollen. Denn er versank mit dem Lesen mehr und mehr in der Geschichte, hörte wohl noch Mariettas Lachen oder sah ihr Lächeln, aber nur wie von ferne. Und während er las, bemerkte sie, daß Jakobs Stimme mit der Luft im Raum etwas tat. Ohne die Augen zu schließen, begannen vor ihren Augen flimmernd durchsichtige Bilder der Geschichte so zu entstehen, als seien sie eine wirkliche Erinnerung und nicht nur ihre eigenen Vorstellungen zu dem Gelesenen. Manche der Bilder widersprachen ihrer eigenen Vorstellung sogar. Es war, wie wenn man sich mit geschlossenen Augen lange gedreht hat, die Augen öffnet und einen völlig anderen Teil des Raumes sieht, als man eigentlich erwartet hätte. Außerdem meinte sie, Gerüche wahrzunehmen: einen Hauch von Maschinenöl, vermischt mit dem

Geruch nach Wasser am Hafen, den Duft von Heufeldern, das klare Aroma von Aquavit. Ein bißchen hörte sie das Gläserklacken, als Jakopp und die Prinzessin mit Whisky anstießen. Und ganz leise, wie gewispert, die Stimme des Dicken, den Jakob erzählen ließ.

Trotzdem – das war alles noch nicht zu phantastisch, war nur einen kleinen Schritt von sehr gutem Vorlesen, von sehr lebendiger eigener Vorstellung entfernt. Man mußte nicht glauben, daß Jakob diese Eindrücke *machte,* statt sie nur durch eine sehr eigenwillige Art des Lesens heraufzubeschwören. Eines aber, was Jakobs Lesen tat, konnte nicht ignoriert oder der eigenen Phantasie zugeschrieben werden, es war keine Einbildung und kein verliebtes Sehenwollen: Wenn Jakob las, schwankte die Temperatur der Luft. Zuerst hatte Marietta noch geglaubt, sie bekäme Fieber, weil sie im raschen Wechsel fror, fröstelte und schwitzte, aber dann entdeckte sie das kleine Thermometer auf dem Fensterbrett und begann mit zunehmender Faszination das betrunkene Auf und Ab der Quecksilbersäule zu beobachten, während Jakobs Worte die Luft bewegten.

Ein Sommernachmittag im Hof des Schlosses Gripsholm: Das Thermometer zeigte 28 Grad Celsius. Ein Abend beim Wein: 20 Grad. Im Kinderheim, wo das Kind weint: Nicht einmal 10 Grad. Die Überfahrt nach Schweden: 6 Grad und die Luft strich um Marietta wie Seewind.

Lydia, ihre Freundin und der Dicke im Bett, Kreuzworträtsel lösend, scherzend, knisternd: Das Thermometer hielt bei 40 Grad noch nicht an, sondern kletterte langsam, aber stetig weiter.

»Komm zu mir«, sagte Marietta leise und staunend, »und hör auf zu lesen.«

Jakob tauchte auf. Einen Augenblick dauerte es, bis sich das Bild der Prinzessin und Mariettas auf seiner Netzhaut ineinanderschoben und verschmolzen.

»Schon verführt?« Jakob lächelte maliziös. »Ich bin der Größte!«

Marietta griff nach ihm und zog ihn zu sich: »Beim Lesen«, betonte sie boshaft, »nur beim Lesen.«

»Im Gegensatz zur landläufigen Meinung«, dozierte Jakob, während er das Hemd aufknöpfte, »sind Analphabeten nicht unbedingt die besseren Liebhaber.«

Jakob schwieg sonst fast immer, redete mit den Händen und seinem Körper, aber in dieser Nacht brachte Marietta ihn dazu, ihr die Nacht hindurch ins Ohr zu flüstern. Und am Morgen war die Luft wie Schaum. Wie am Strand Schaum ist nach einer windigen Nacht.

»Deine Liebe«, sagte Marietta an diesem Morgen, »steht in den Büchern.« Es war ein seltsamer Kater, den sie da hatte: Welcher Kater bleibt nach einem Luftrausch? Einem Rausch von Wörtern und von Zauberei? Nüchtern wiederholte sie: »Deine Liebe steht in den Büchern.«

Jakob wehrte sich. Er liebte Marietta. Als er das sagte, bewegte sich die Luft ein wenig.

Marietta fühlte sich ein wenig versöhnt. Nur ein wenig. »Du hast Prinzessin zu mir gesagt.«

Jakob versuchte zu erklären. Er öffnete das Fenster und ein klarer, kühler Oktobermorgen rauschte sonnig in den Raum.

Marietta lächelte versöhnt. »Es macht ja nichts, wenn du die Prinzessin und mich liebst. Die Prinzessin ist hier drin.«

Sie klopfte auf die Buchdeckel. Jakob lächelte auch und wollte das Buch zurückstellen.

»Nein, nein«, sagte Marietta, »lies weiter. Wenn sie heute nacht schon mit uns im Bett war, dann will ich sie auch ein bißchen näher kennenlernen.«

Sie frühstückten auf dem kleinen Balkon, bei ausgezeichnetem Tee und Kaffee, und die Luft bewegte sich nicht, als Jakob las; aber Marietta fand wider Willen eine Freundin in der Prinzessin. Sie war froh, daß sie eingesperrt war.

Jakob kam frühmorgens in der Heimatstadt an. Es regnete und er hatte Mühe, die Erinnerungen an den Hamburger Bahnhof abzuschütteln. Am Morgen nach dem Erlebnis im Bahnhof hatte er sich gefühlt wie damals, als er mit seinem Bruder geschaukelt hatte, das Seil gerissen war und sie beide hart auf den Rücken gefallen waren. Diese Augenblicke, in denen man zu atmen versucht, aber nicht kann. Man hat keine Schmerzen, aber man kann einfach nicht atmen.

Nachdem er das Bild des Zuges in der Zeitung gesehen hatte, wußte er noch weniger, was er tun sollte. Sie war abgereist, aber vielleicht ... immerhin hatte er das vorausgeträumt und war ihr dann tatsächlich begegnet. Schließlich war er aufgestanden, hatte sich rasch angezogen und war zum Bahnhof gegangen. Wohin der Orientexpreß von gestern gefahren sei? Es gab vierzig mögliche Stationen von Hamburg bis Kairo. Wie oft er führe? Eine private Gesellschaft mietete die Züge. Es gab keinen Fahrplan. Der Bahnbeamte konnte nichts dafür. Man konnte ihn nicht aus seiner Teilnahmslosigkeit schütteln. Aber Jakob hätte ihn trotzdem schlagen können. Danach hatte er in das Café gehen wollen. Es war am Sonntag geschlossen. Man versucht zu atmen, aber es geht nicht. Über einem pendelt das abgerissene Seil. Aha, denkt man über dem Versuch, endlich zu atmen, die Schaukel ist gerissen. Später hatte Jakob von diesem Sonntag nur noch vage Eindrücke in Erinnerung. Ein endloses Hetzen durch die Stadt, ein wütendes Gehen, damit irgend etwas geschah, während er nicht wußte, was er tun sollte. Es gab keinen Weg, an den Abend zuvor zurückzukehren. Keinen. Die Portugiesin war fort. Ein Traum hatte sich mal eben erfüllt, hatte ihn hochgerissen zu einer Liebe, die es so rein doch überhaupt nicht gab, und war dann beiläufig zerplatzt. Am Ende hatte er sich wenigstens müde gelaufen und war zu erschöpft, um noch im Kreis zu denken. Er trank nicht oft, aber an diesem Abend hatte er in der Bar so lange getrunken, daß er sich nicht daran erinnern konnte, wie er in das Hotelbett gekommen war. Am nächsten Tag war er nüchtern genug gewesen, um am späten Nachmittag fahren zu können. Während der ganzen Fahrt hatte er versucht, die Vorstellung abzuschütteln, daß er immer noch auf dem Hamburger Bahnsteig stand und auf einen anderen Zug wartete. Erst mit dem allzuvertrauten Morgen in der Heimatstadt war ein wenig von der Sicherheit des Alltags zurückgekommen.

Marietta schlief noch, als er leise hereinkam, um weder sie noch die Tochter zu wecken. Lange stand er in dem schattenlosen Morgenlicht und betrachtete sie. Allmählich begann er wieder zu atmen. Beim ersten Luftholen ist die Erleichterung so groß, daß man nicht darüber nachdenkt, ob man je wieder so vertrauensvoll schaukeln kann. Er kleidete sich rasch aus und legte sich neben sie, die er liebte. Ein Teil von ihm war angekommen, als er die Hand unter Mariettas Hüfte schob. Ihr Haar breitete sich auf dem Kissen aus wie eine Wolke Sahne in ostfriesischem Tee.

»Hallo!« murmelte sie schläfrig, »schön, daß du da bist.«

»Ja«, sagte Jakob und berührte mit den Lippen ihre bloße Schulter, während wie aus einem umgekehrten Fernglas sehr klein, sehr weit weg, aber scharf umrissen die Portugiesin zusah.

»Wo warst du?« fragte ihn seine Tochter beim Frühstück, nachdem sie auf seinen Schoß geklettert war.

»In Hamburg«, antwortete Jakob.

»Siehst du Mami!« krähte das Mädchen fröhlich. »Ich hatte recht. Nicht in Hambrugh.«

»Naja«, sagte Jakob, »ganz kurz war ich auch in Hambrugh.«

Er kitzelte seine Tochter, bis sich beide lachend auf dem Boden rollten. Marietta sah lächelnd zu.

Jakob war einer, der über bestimmte wenige Dinge langsam und sehr lange nachdachte, bevor er scheinbar plötzliche Entschlüsse traf. Sonst dachte er rasch und impulsiv, aber für die wesentlichen Dinge brauchte er lange.

Es war Hochsommer, und er stand müßig im Laden, als sein Freund Hermann eintrat und mit seiner unbeschwerten Heiterkeit begann, alle möglichen Gegenstände in die Hand zu nehmen, sie fröhlich zu untersuchen und an ihnen zu riechen, während er sich mit Jakob vom ersten Eintreten an kleine Wortgefechte lieferte.

»Leg das hin«, sagte Jakob, »du weißt, wie ungeschickt du bist. Deine Hände – schau dir mal deine dicken Hände an. Was machst du eigentlich, wenn dir dein Skalpell mal runterfällt – hebst du's mit einem Magneten auf?« Hermann war Chirurg.

»Ah nein, dafür haben wir die Schwestern. Bei mir müssen die immer ganz kurze Röcke tragen.«

»Du hast ein Gemüt ...« begann Jakob.

»... wie ein Fleischer!« vollendete Hermann den Satz. »Ich weiß. Was machst du da?«

»Ich denke nach.«

Hermann lachte schallend. Er konnte nicht anders, er war immer laut. Jakob mußte grinsen. »Ja, mein Gott, wir Teehändler sind sehr sensibel. Aber ich denke wirklich nach. Was sind Halluzinationen?«

»Wieso?« fragte Hermann, »hast du welche?«

»Zu verkaufen nicht«, antwortete Jakob, »noch nicht. Ich muß erst wissen, was sie sind.«

Hermann legte das gläserne Teesieb weg, mit dem er gespielt hatte, und hob dozierend den Zeigefinger:

»Halluzination – von lateinisch *alucinari* für träumen – ist eine Sinnestäuschung, bei der eine Wahrnehmung auch ohne objektiv vorliegenden Sinnesreiz als real empfunden wird.«

»Auch später, in der Erinnerung noch?«

»Eigentlich nicht. Normalerweise weiß man später, daß man halluziniert hat.«

»Und wie kriegt man Halluzinationen?«

Hermann lachte. »Ich kann dir welche verkaufen. Oder wir tauschen. LSD gegen Tee, ja?«

Sie tranken Tee und unterhielten sich, und als Hermann gegangen war, dachte Jakob darüber nach, ob es einen Tee gab, der halluzinogen war. Wie der Tee im Museumscafé in Hamburg. Aber Jakob wußte fast alles über Tee, und außerdem konnte er, wenn er die Augen schloß, noch immer den Duft der Portugiesin riechen. Und dann war da noch das Zeitungsbild, das sie zeigte. Halb abgewandt zwar und körnig, aber unverkennbar.

Die Gelassenheit, die über dem Gespräch von vorhin wie chinesischer Lack gewesen war, platzte ab, als Jakob an die Portugiesin dachte. Der Tee, den er mit Hermann getrunken hatte, war so wie immer gewesen, aber trotzdem waren seine Nerven wie nasse Schnüre mit einem Ruck straff gezogen worden, sie vibrierten nach, während Gefühle und Gedanken wie losgeschleuderte Wassertropfen wild in alle Richtungen stoben. Eigentlich hätte er jetzt losgehen können, jetzt war er in der richtigen Stimmung, aus dem Laden zu gehen, ohne ihn abzuschließen, um sie zu suchen, um sie wiederzusehen. Aber wie geht man in eine Traumwelt? Wenn man einen Ball unendlich oft gegen die Wand spielt, geschieht es irgendwann, daß die Moleküle in Wand und Ball zufällig so angeordnet sind, daß der Ball durchfliegt. Er hätte es probiert, aber er wußte ja nicht einmal, gegen welche Wand er sich werfen sollte. Aber das wäre genau das richtige gewesen. Sich mit Wucht gegen eine Wand werfen. Immer wieder. Oder rennen, bis man nicht mehr kann. Aber er war hier in seinem Laden und ging einfach nur auf und ab, in einer lächerlichen Parodie von Unrast, während die Spannung in ihm immer stärker wurde und alles nach Bewegung verlangte. Er dachte an den Nachmittag in Hamburg und versuchte, sich an jede Einzelheit zu erinnern. Er biß die Zähne so fest zusammen, daß es weh tat. Es gab keinen Weg in dieses Hamburg. Er blieb stehen und spürte, wie jeder einzelne Muskel angespannt war, alle gleich, als ob Beine und Arme sich gleichzeitig strecken und beugen wollten, sich in immer größerer Anspannung und Kraft nur immer mehr gegenseitig aufhoben und schließlich keine Bewegung mehr möglich war.

Später kam eine falsche Erschöpfung, eine unehrliche Müdigkeit von Anstrengungen, die zu nichts geführt hatten. Er blieb an diesem Tag lange im Laden. Die Fenster im Lager waren offen, und er hörte den Lerchen widerwillig bis spät in den hellen Abend zu, während er resigniert Tee mischte, nur um irgend etwas zu tun, immer wieder daran roch und die Erinnerung an jenen Tee im Museumscafé doch nie ganz traf. Als er endlich den Laden abschloß und an der Stadtmauer entlang nach Hause ging, waren die warme, dämmerig helle Abendluft, der Duft der blühenden Robinien und das singend summende Geräusch der Stadt wie ein Versprechen, das er heute nicht mehr verstehen konnte und nicht verstehen wollte, und Jakob fragte sich, wie er mit dieser Leere leben sollte. Die kleinen Blüten der Robinien schwammen in der Nacht, als ob Rikyû, der altjapanische Teemeister, sie in der Schale angeordnet hätte. Ihren Duft zu einem Tee zu machen, dachte Jakob erschöpft, das müßte ein Tee sein, fast so klar wie die Luft selbst. So einen Tee zu trinken, wäre bestimmt wie eine Art Erfüllung. Die Beine waren ihm schwer wie von nächtlichen Krämpfen. Wie sollte er nicht an die Portugiesin denken? Aber, auf der anderen Seite, wie sollte er an sie denken, ohne sich selbst zu zerstören?

Er war froh, daß Marietta schon schlief, als er kam, denn so konnte er noch lange am Fenster sitzen und dem Abend zusehen, wie er Nacht wurde, der Nacht, wie sie Morgen wurde, bis er endlich aufhörte, zu denken und innen wie außen schweigend dasaß, leer gedacht und bewegungslos.

Um das Jahr 780 schrieb Lu-Yu, der Dichtermönch, das *chá-ching,* das Buch vom Tee. Das war die Zeit, als das Teetrinken Mode wurde, die Literaten und die Maler das Teetrinken zu lieben begannen, als sie begannen, es zu zelebrieren. Es war das erste Buch von vielen, die noch folgen sollten. Damals wurden die Teeblätter noch gedämpft, zerstoßen und zu einem Kuchen geformt, von dem man Stücke abschnitt und mit Gewürzen aufkochte. Später prägte man dem Kuchen Zeichen ein und formte ihn zu Ziegeln. So gelangte der Tee nach Japan. Die ersten Tassen, schrieb Lu-Yu, seien die besten, und Tee sei besser als Wein, denn man tränke ihn ohne Rausch.

Es war ein kühler, langer Rausch, in den Jakob durch die drei Tassen Tee in Hamburg geraten war. Er bewegte sich vorsichtig durch den Sommer, als hätte er Angst zu straucheln, und wenn er nicht arbeitete, las er. Er las, um die Sehnsucht fernzuhalten; er las seinen Geist und seine Seele müde, um schlafen zu können. Er las, wie er früher als Kind gelesen hatte, und er las alles, was er bekommen konnte. Marietta beobachtete, wie Jakob schweigsam wurde, und fragte ihn oft: »Woran denkst du?«

»An nichts«, sagte Jakob dann, und das konnte wohl stimmen, denn er gab sich Mühe, nichts zu denken.

Eines Tages im Spätsommer erhielt der Betreiber des Cafés in einem Museum in Hamburg nahe dem Bahnhof einen ungewöhnlichen Brief:

Sehr geehrte Damen und Herren,
auf einer Reise im Frühsommer hatte ich das Vergnügen, bei Ihnen einen ausgezeichneten Tee zu trinken, den ich bisher noch nicht kannte. Diesen Tee würde ich sehr gerne in mein Sortiment aufnehmen; es handelt sich dabei um einen grünen – unter Umständen aromatisierten – Tee. Ich wäre Ihnen dankbar, wenn Sie mir Proben all Ihrer Tees schicken könnten. Für die Unkosten wollen Sie bitte den beiliegenden Verrechnungsscheck nach Gutdünken ausfüllen.
Mit freundlichen Grüßen

Der Mann wunderte sich. Über Jakobs Wunsch und über sein Vertrauen. Er brauchte eine halbe

Stunde, bis er die Proben zusammengestellt, und eine Dreiviertelstunde, bis er sich für eine Summe entschieden hatte, die er in den Scheck eintrug. Er schrieb sie zähneknirschend nieder, denn er hatte sich fast wider Willen für einen annähernd fairen Betrag entschieden, was gut war, denn Jakob hatte seine Bank bereits angewiesen, alle Schecks, die eine bestimmte Höchstsumme überstiegen, nicht einzulösen. Er war zwar übertrieben romantisch, aber kein Idiot. Der Cafébesitzer löste den Scheck am nächsten Tag ein, aber das Paket lag wochenlang vergessen unter dem Tresen, bis sich endlich eine Kellnerin, die in den Chef verliebt war, erbarmte und es auf die nahegelegene Post trug.

In diesen schwebenden Tagen spürte Marietta ein Rätsel in Jakob, ohne sagen zu können, was es sei. Er war ihr gegenüber in einer fast schon rührenden leichten Geistesabwesenheit zärtlich; mit einer ähnlichen Verlorenheit spielte er mit seiner Tochter, und nur wenn er las, versank er so völlig wie damals, als sie und die Atmosphäre sich von seiner Stimme hatten verführen lassen. Lesen war neben dem Tee schon immer Teil von Jakobs Leben gewesen, aber jetzt hatte diese stille Tätigkeit so große Intensität gewonnen, daß es fast leidenschaftlich aussah, wenn er las, und man sich fürchtete, ihn zu stören. Anders als Marietta las Jakob manche Bücher viele Male. Neben ihm lagen meistens Geschichten, die Marietta schon kannte, weil er sie schon gelesen hatte, als sie sich kennengelernt hatten. Mit dem Aufschlagen der Bücher verschwand Jakob in eine Welt, in der sich nichts änderte und die nach einmal festgelegten Regeln unveränderlich schön blieb. Wenn er las, nahm er um sich herum nichts mehr wahr, störte ihn weder das Telefon noch das unangenehm kalte Licht der Straßenlaternen. Und er las eilig, sein Lesen hatte etwas Atemloses, das nichts mit der Hingabe eines Kindes an eine Geschichte zu tun hatte, sondern eine ungewisse Furcht vermittelte, eine Furcht, eingeholt zu werden.

Abends, wenn er das Licht ausgemacht hatte und sie ins Zimmer kam und sich im Dunkeln auszog, knisterten manchmal Funken in ihrem Haar, und Jakob lachte leise und traurig.

»Warum lachst du?« fragte sie einmal.

»Dein Haar ist so schön!« antwortete Jakob und Marietta meinte, tief hinter dieser Stimme ein verstecktes Weinen zu hören, sie umarmte ihn liebend, aber wenn sie sonst sein ganzes Gewicht umfing, war er diesmal um ein weniges zu leicht, ein kleines Stück entglitt ihr wie ein Quecksilberkügelchen. Sie drückte ihn fester, aber da machte er sich vorsichtig los.

»Du liest zuviel«, sagte sie.

»Ich lese, weil ich nicht träumen will.«

»Hast du Alpträume?«

Leises, selbstverspottendes Lachen. »Das wäre vielleicht gut. Dann würde es nicht so schwerfallen aufzuwachen.«

Die Dunkelheit löste ihm ein wenig die Zunge.

»Wovon träumst du?«

»Wovon träume ich …?« wiederholte Jakob sinnend die Frage. »Wovon? Ich habe keine Ahnung. Von der Sehnsucht. Von Liebe vielleicht.«

Die Luft wurde kühl.

»Liebe«, sagte Marietta. Sie schwiegen eine Weile.
»Liebst du mich noch?« fragte sie schließlich.

Jakob wandte sich ihr zu. »Ja«, sagte er sehr ernst,
»wenn ich dich nicht mehr liebte, wäre ich lange
fort. Ich liebe dich.«

Als sie einschliefen, ineinandergegossen, dachte
Marietta: Und trotzdem träumst du.

Und Jakob: Und trotzdem träume ich.

Als die Proben bei Jakob eintrafen, regnete es. Der
Sommer war vorbeigegangen und hatte hinter sich die
Fenster zugemacht. Die Blätter der Platanen sahen
ein klein wenig müde aus. Mit dem Nachlassen der
Hitze waren die Träume durchsichtiger geworden und
Marietta konnte Jakob wieder fast ganz umarmen.
Jakob legte sein Buch weg; er las jetzt oft im Laden,
denn es gab nur wenige Kunden an diesen Vormittagen. Neugierig nahm er das Paket in Empfang. Als
er den Bindfaden durchschnitt und das Papier auf-
wickelte, war er bereit, irgendeinen Duft zu riechen,
aber das Paket hatte schon allzulange hinter einem
Tresen in Hamburg gelegen und der Duft des Tees,
der nachlässig in Papiertütchen verpackt worden war,
war schon nahezu ausgeraucht. Jakob nahm die be-
schrifteten Tütchen, und während er die Etiketten
las, spürte er langsam die Erregung wachsen, so wie
man am Strand eine hohe Welle schon vorausahnt.
Er riß die Päckchen auf und roch an ihnen, ohne
wirklich etwas wiederzuerkennen, sie waren einfach
zu alt. Trotzdem, er stellte die Päckchen in eine Reihe
auf den Tresen und suchte die Probiertassen heraus.
Vielleicht, oder ganz sicher, hatte es am Tee gelegen,
damals in Hamburg. Aber während er die Kännchen

aufstellte, zögerte er auf einmal. Er kannte das. Wenn er sich lange auf etwas gefreut hatte, lange auf etwas gewartet hatte, das dann fast unvermutet doch noch geschah, wurde er oft vorsichtig. Er wollte sich selbst nicht enttäuschen. Wenn der Tee doch nichts damit zu tun hatte? Es waren einfach Päckchen mit altem Tee, die auch noch so häßlich verpackt waren, daß sie vielleicht gar nichts weiter bedeuteten. Das Wasser kochte. Jakob ließ es kochen. Wenn der Tee von damals dabei war und nichts geschah? Er wußte nicht, ob er diese Enttäuschung aushalten konnte. Aber wenn die Portugiesin doch im Tee war? Er sah, daß seine Hände vor Aufregung ein wenig zitterten. Es war doch nur Tee. Und dann war es mitten am Tag, er war in seinem Laden. Hier war nichts exotisch fremd oder geheimnisvoll. Vielleicht sollte er besser auf den richtigen Augenblick warten. Er packte die Päckchen in fest verschließbare Dosen und stellte sie eben sorgfältig in ein Regal, als Luise den Laden betrat.

»Scheint an mir zu liegen«, sagte sie und schüttelte ihre Haare. Luise benutzte nie einen Regenschirm. »Immer, wenn ich dich besuche, regnet es.«

Jakob schwankte einen Augenblick zwischen Ärger, aus seinen Gedanken und der Beschäftigung mit dem Hamburger Tee gerissen zu werden, und der Erleichterung, Luise zu sehen, die ihre Welt in freundlicher, aber immer nüchterner Selbstverspottung betrachtete.

»Der Himmel weint«, sagte Jakob, »über die Liebenden von Pont-Neuf, oder?«

Luise schüttelte ernsthaft den Kopf. »Über mich nicht.«

»Wieso?« fragte Jakob, der nun unten angekommen war und Luise die tropfende Jacke abnahm. »Schon vorbei?«

Luise brauchte einen Augenblick, bis sie verstanden hatte, daß er Hermann meinte.

»Nein«, sagte sie kurz, »leider. Aber wenn der Himmel über jede kleine Verliebtheit weinen würde, hätten wir hier Hochwasser. Ich bin nicht Julia. Ich versuche, so untragisch wie möglich zu sein. Aber unglücklich bin ich trotzdem. Können wir jetzt über etwas anderes reden, ja?«

»Ich war eben dabei, Tee zu machen. Möchtest du?«

»Für einen Teehändler ist das ein normales Verhalten«, beruhigte ihn Luise ironisch. »Ja, bitte.« Sie markierte eine rauchige Trinkerstimme: »Tee, Herr Wirt, ich will vergessen.«

Jakob lächelte. »Wir wollen sehen, was sich machen läßt.«

Er suchte in den Regalen. »Lu Shan Wu«, sagte er etwas unsicher, »kommt aus dem chinesischen Bergland.«

»Klingt gut«, sagte Luise höflich.

Jakob ging die Namen durch, las sie leise für sich. »Orchid«, sagte er, »mit Orchideenblüten getrocknet.«

Luises Jacke hing über dem Stuhl und verbreitete einen Geruch von nassem Stoff, der die feineren Düfte überdeckte.

»Ach, laß«, sagte Luise, die bemerkte, daß Jakob fast ratlos vor seinen Porzellandosen stand, »mach einfach Tee, ja?«

Jakob nahm die Tees, die er schon herausgestellt

hatte, und kochte Tee. Er war gut und heiß und in den schönen Schalen hatte er eine gute Farbe, aber es war eben nichts weiter als Tee. Jakob trank ihn fast verächtlich. Luise bemerkte es. In einer sehr seltenen Geste von Freundschaft legte sie ihre Hand kurz auf die seine. »He«, sagte sie leise, »ich bin die unglücklich Verliebte. Schon vergessen?«

»Ja«, sagte Jakob, »naja. Und ich eben nur ein Teehändler.«

Sie tranken den Tee und unterhielten sich den ganzen Nachmittag, aber es war ein schwebend abwesendes Gespräch. Als Luise ging, verabschiedete sie sich mit einem leisen Bedauern hinter ihrem Spott. Als Jakob den Laden aufräumte und die Tassen spülte, kam ihm mit plötzlichem Erschrecken der Gedanke, daß er Tee vielleicht einfach satt bekommen hatte. Ihm war nicht danach, heute die Hamburger Tees noch zu versuchen, obwohl das Bild der Portugiesin, nachdem Luise fort war, wieder im Laden stand und die Dämmerung ausfüllte. Er ging lange spazieren, unruhig und mit schweren Gliedern, bevor er nach Hause konnte.

»Du warst lange weg«, sagte Marietta ärgerlich, »die Kleine ist schon im Bett.«

»Verdauungsspaziergang!« sagte Jakob in so mürrischem Sarkasmus, daß Marietta sich stolz umdrehte und sie schweigend ins Bett gingen.

Erst spät am nächsten Vormittag fiel Marietta auf, daß Jakobs Hand an diesem Morgen nicht unter ihrer Hüfte gelegen hatte.

Wenige Wochen später, an einem strahlenden Oktobertag, erhielt Jakob die Nachricht, daß sein Bruder bei einem Autounfall gestorben war.

In der zweiten Hälfte des 16. Jahrhunderts stieg der Sohn eines Bauern, Toyotomi Hideyoshi, durch skrupellose Grausamkeit zum mächtigsten Kriegsherren Japans auf. Er umgab Kyoto, zu dieser Zeit eine fast gänzlich christliche Stadt, mit einer großen Mauer und verwies die portugiesischen Missionare der Stadt. In Osaka ließ er sich im Zentrum seiner mächtigen Burg den berühmten goldenen Teeraum bauen. Der Mann, den man wegen seines Gesichtes Saru-San nannte, Herr Affe, war aber gleichzeitig Lehnsherr des Teegroßmeisters Rikyû. Er war ein eigenartiger Mann, der herrische Stärke mit einer großen Bewunderung für die schönen Dinge des Lebens verband. Er war ein Mann, dessen Liebe zur Schönheit mit seinem Willen zur Macht im Streit lag. Als der Zen-Priester Kokei, der engste Freund Rikyûs, eines Tages mit höflicher, aber fester Stimme zu Hideyoshi von den Pflichten eines Kriegsherrn sprach, befahl ihm dieser, noch am selben Tag die Stadt zu verlassen und in die Verbannung zu gehen. Unabhängig davon sandte Hideyoshi Rikyû eine halbe Stunde später eine alte Schriftrolle von hohem Wert und befahl ihm, sie zu restaurieren, denn Rikyû war als Teemeister auch ein Meister der Kalligraphie. Der Bote, der Rikyû auch von der Verbannung seines besten Freundes unterrichtete, ließ ihn wissen, daß diese Schriftrolle der höchste Besitz des Feldherrn sei, weil sein Wahlspruch darauf stünde.

Als Rikyû von der lebenslangen Verbannung seines Freundes hörte, lud er ihn zu einer letzten Teezusammenkunft ein. Als Kokei wenige Zeit später den Kopf senkte und durch die niedrige Tür des

Teehauses eintrat, sah er, daß Rikyû bereit war, ihn aufs höchste zu ehren, ohne sein Leben zu achten und ohne seinen Lehnsherrn zu fürchten: In der Bildnische hing die Kalligraphie Hideyoshis mit dem Haiku seiner Wahl:

Der Vogel, er singt mir nicht,
Aber ich
Mache ihn singen.

Was für ein Wetter es war! Die Welt leuchtete noch einmal in allen Farben auf. Nie war ein Oktobertag schöner gewesen als der, an dem Jakobs Bruder begraben wurde. Jakob stand mit leerer Seele auf den Stufen vor der Aussegnungshalle und sah zu, wie die Menschen kamen, die seinen Bruder gekannt und geliebt hatten, aber er glaubte nicht, daß jemand ihn so geliebt hatte wie er.

Die Frau seines Bruders kam mit ihren Eltern. Hermann kam allein und wirkte trotz seiner Leibesfülle in dem schwarzen Anzug ungewohnt schüchtern, obwohl er den Tod doch gut kannte. Marietta hatte ihre Tochter an der Hand. Mariettas Haar wogte mit ihren Schritten und funkelte an den Spitzen über dem hellen Haar des Kindes. Seine Eltern kamen gemeinsam in eigenartiger Gefaßtheit. Er ließ sich begrüßen und hörte nicht, was seine Mutter sagte. Ein Stück entfernt sah er Luise näherkommen; sie hielt sich abseits und nickte Jakob nur zu. Die einzelne Glocke rief die Menschen nach innen.

Während des Orgelspiels und den alten Liedern, die er schon so lange kannte, fragte sich Jakob, wie er über seine Träume hatte unglücklich sein können. Er ging durch sein Inneres wie durch ein fremdes, verlassenes Haus: Ein wenig neugierig, wer wohl darin gewohnt haben mochte, und er fragte sich ohne echtes Interesse, ob er hier wohl leben könnte. Erst als Marietta seine Hand nahm, merkte er erstaunt, daß sein Gesicht naß war.

Nach der Predigt ging er nach vorne, an das Pult neben dem Sarg, und zog ein Papier aus der Tasche. Es war ganz still, als er die Familie und die Freunde so versammelt sah. Durch die Fenster und die offene Tür im Hintergrund strahlte die Welt hell, er hörte sogar ein paar Vögel und das bunte, leise Rauschen der fallenden Blätter, so daß er sich ein Herz nahm. Er legte das Papier fort, auf das Pult, und trat dann zum Sarg, auf den er in einer vertrauten Bewegung die Hand legte.

»Als ich sieben war«, begann er mit ruhiger Stimme, »hat mein Bruder an einem Tag wie diesem gemacht, daß ich Dufthändler werden wollte. Obwohl es so schön wie heute war, hatten wir im Garten ein Feuer gemacht, und weil wir keine Kartoffeln hatten, sammelten wir die Äpfel auf, die unter dem Baum lagen.«

In die Kapelle zog ein blauer Faden wie von Rauch.

»Unsere Eltern waren nicht da, und deshalb saßen wir am späten Vormittag vor dem Feuer und brieten Äpfel an Haselstecken. Ich weiß noch genau, daß er irgendwann sagte: ›Wir brauchen Zünd.‹ Ich hatte keine Ahnung, was er meinte, aber das konnte ich ja nicht zugeben. Und so blieb ich einfach beim Feuer, als er in die Küche rannte und ›Zünd‹ holte. Zuerst dachte ich, ›Zünd‹ sei etwas für das Feuer, aber mein Bruder brachte eine blaue Dose, in der unsere Mutter die Gewürze aufbewahrte, und streute uns beiden Zimt auf die Äpfel.«

Durch die offene Tür kam eine Brise von klarer Luft, die nach Herbst und Äpfeln roch.

»Das war das erste Mal in meinem Leben, daß ich Zimt wirklich und bewußt schmeckte. Das erste Gewürz meines Lebens, in das ich mich verliebte. Ich verliebte mich so sehr, daß mein Bruder und ich auf die Idee kamen, daß jeder im Dorf ›Zünd‹ riechen sollte. Wir konnten uns nichts anderes vorstellen, als daß ›Zünd‹ der beste Duft der Welt sei. Wir rannten in die Kirche hinüber und stiegen in den Glockenturm. Dann kletterten wir in die Schallöcher. Und von dort aus haben wir beide mit beiden Händen Zimt in den weiten Oktoberhimmel über dem Dorf gestreut; eine einzige Wolke von Duft.«

In den Sonnenbalken, die bunt in die Kapelle fielen, schwebte leuchtend der Staub und roch wie von ferne nach Zimt. Marietta hatte die Augen geschlossen und hörte zu. Hermann fühlte kleine Luftwirbel an den Füßen, als warme und kalte Luft umeinandertanzten und einen Duft in der Schwebe hielten.

»Mein Bruder«, sagte Jakob nachdenklich, »mein Bruder und ich haben einmal im Felsenkeller unter unserem Haus einen Stalaktiten entdeckt.«

An der kalten Kapellendecke kondensierte die aufsteigende warme Luft und feine Tropfen fielen auf die Versammlung. Luise zuckte zusammen, als einer auf ihr kurzes Haar sprühte. In der Halle war eine tiefe Stille, als Jakob schwieg und sich von Erinnerungen tragen zu lassen schien. Keiner bewegte sich unruhig, keiner hustete, keiner schnupfte. Stille wie ein Brunnen, aus dem man schöpfen konnte.

»Wir haben einmal keinen Schatz gefunden«, sagte Jakob versonnen und lächelte in der Erinnerung, »weil wir die Schatzkarte nicht lesen konnten. Aber dafür waren wir einmal ...« Er zögerte, als die Erinnerung wiederkam. »Dafür waren wir einmal«, sagte Jakob langsam und fast ungläubig, »auf dem Mond. Wir saßen vor dem Fernseher und sahen der Mondlandung zu. Und dann fragte er: ›Können wir da auch hin?‹ Und ich sagte: ›Ja‹, und daß ich uns fliegen könnte. Er hat es geglaubt«, sagte Jakob verwundert, und seine Stimme flirrte ein bißchen heiser. »Er hat so stark geglaubt, daß ich uns wirklich geflogen habe. Wir waren auf dem Mond. Eine Sekunde lang waren wir auf dem Mond.«

An der Decke gefroren die Tropfen und vor den Mündern der Trauernden knisterte der Atem weiß und schwebte langsam zu Boden, aber während Marietta das Gefühl hatte zu erfrieren, fühlte sie sich seltsam, unwahrscheinlich leicht. An Luises Füßen nah am Ausgang erhob sich ein kleiner schweigender Sturm, als Luft in die Kapelle stürzte, aber kaum nachkam. Schnell und flach, gebannt schweigend atmeten die Menschen. Wie lautlos es in der Kapelle wurde! Jakobs Worte drangen dünn und metallisch zu ihnen:

»Und einmal«, sagte er, drehte sich ein wenig und sah auf den Sarg, »einmal hast du mir erzählt, daß Fensterscheiben flüssig sind und langsam, ganz langsam über Jahrtausende der Erde zufließen. Immer hast du solche Dinge erzählt, die mir die Welt farbig gemacht haben.«

Jakob schwieg. Plötzlich hatte man den Eindruck, als würde es von allen Seiten leicht in die Kapelle wehen, als hörte man die Welt lauter. Jakob schwieg und sah auf den Sarg.

»Ich möchte dich so gerne wiedersehen«, sagte er dann verloren, »so gerne.«

Dann ging er auf seinen Platz.

Luise, die nahe am Ausgang in einer Fensternische gestanden war, bemerkte erst, als die Glocke wieder läutete und die Versammlung sich zum Gehen erhob, daß ein Zipfel ihrer kurzen Jacke in einen farbig leuchtenden Glashügel auf dem Fensterbrett eingeschlossen war. Die Scheibe war aus dem Rahmen geflossen und sah aus, als hätte sie die Herbstfarben, die durch sie leuchteten, für immer eingeschlossen wie Bernstein eine Fliege. Staunend schlüpfte sie aus der Jacke und folgte nachdenklich den anderen.

Jakob erlebte – wie alle Menschen vor ihm, auch wenn sie sich dessen erst viel später bewußt werden –, daß der Tod immer alles ändert.

Die Träume blieben aus. Die Herbsttage und Jakob gingen aneinander vorbei und grüßten sich nicht; Jakob hatte manchmal den Eindruck, als seien diese Tage immer dieselben Komparsen, die etwa als Montag oder Dienstag links die Bühne verließen, um schnell hinter der Bühne nach rechts zu rennen und sie als Beginn einer neuen Woche wieder zu betreten. Eine schwebende Zeit, in der Jakob unbeteiligt beobachtete, daß er keinen Boden unter den Füßen hatte. Er kaufte und verkaufte Tee, Kaffee und Chinoiserie. Er handelte mit Gewürzen, ließ sie mahlen und verpacken und verschicken. Nach einigen Wochen lächelte und scherzte er wieder mit Marietta, mit Hermann und seiner Tochter und vergaß mit der Zeit, daß er über das erste unwillkürliche Lachen wie über einen Verrat erschrocken war.

Er sah zu, wie Luise sich kühl und zurückhaltend um Hermann bemühte, und hörte ihr zu, wenn sie ärgerlich, wütend, hocherfreut und tieftraurig ihre wenigen kleinen Siege und vielen Niederlagen mit ihm teilte. Morgens erwachte er mit der Hand unter Mariettas Hüfte, und manchmal zuckte ein Lächeln um ihren schlafenden Mund, wenn er sie wegzog, um aufzustehen. Er handelte mit Gewürztees, Kandis, Nelken und Zimt im Winter; mit lieblich hellen Tees und stark duftendem Kaffee, Pfefferminze, Waldmeister und Erdbeerblüten im Frühjahr, mit Eistee, italienischem und französischem Espresso, Vanille und Rosenöl im Sommer. Der ermüdende

Kreistanz der Komparsen hatte wieder in ein Stück gemündet, in dem jeder Schauspieler nur eine Rolle spielte und nicht ein Sonntag wie der andere war. Ein Jahr war vorbei. In Jakob reiften die Dinge langsam.

Um das Jahr 780 herum beschrieb Lu-Yu die tausendfach vielerlei Gestalt des Tees. Seine Blätter sähen manchmal so faltig aus wie die Stiefel tatarischer Reiter, andere seien so glatt wie die Brust eines Bullen und andere glichen den Wolken, die gekräuselt im Wind ziehen, während manche wieder frischgepflügtem Land oder der geriffelten Oberfläche eines Teiches nachgeformt schienen. Bei allen aber, so schrieb er, könne nicht das Aussehen entscheidend sein, denn nicht die Form, wohl aber Duft und Geschmack des Tees bestimmten den jeweiligen König der tausend Teesorten.

Um die 200 Jahre später, zur Zeit der Sung-Dynastie, wurden die elegantesten Wettkämpfe der Welt erfunden und abgehalten: Nach den genauen Regeln der Teezeremonie wurden immer neue Mischungen bereitet, deren köstlichste mit Preisen ausgezeichnet wurde. Und die anschließenden Teeturniere waren ein zierlicher Sport: Wer im *tô-cha* aus bis zu hundert Sorten erschmecken konnte, welche roter Tee wie *hong-cha* oder *qi-hong* aus dem Garten Anhui war und welche etwa *dian-hong* aus Yünnan oder *chuan-hong* aus Sezuan war, gewann die Gunst des Hofes. Teespiele! China war aber auch das Land, in dem Beamte lernen mußten, Gedichte zu schreiben.

Auch in Japan spielte man. In Japan entstanden Teepavillons wie in Europa Hauskapellen. Und etwa zur selben Zeit, als sich Japan nach den Wirren der Bürgerkriege durch den Einfluß des Teemeisters Rikyû immer mehr vom prächtigen Teegerät, vom üppigen Garten ringsum und von den kostbarsten Buddhadarstellungen zum Einfachen und Einfachsten wandte, zum »Kühl-Bescheidenen«, da begann in Europa der Protestantismus die Kirchen vom Gold zu leeren. Man wünschte keine laute Schönheit mehr. Das farblos Schöne, *sabi*, bestimmte die Schlichtheit des Teegeräts. Schönheit soll im Herzen wachsen. Im Teeweg steht das Unvollkommene im Mittelpunkt.

Fast ein Jahr später, ein Vormittag im späten September. Es regnete das, was Jakob für sich »Salzburger Regen« nannte: einen kalten, herbstlichen Regen durch das dunkel gewordene Grün der Silberpappeln und der Weiden auf dem Weg zur Gewürzmühle, auf die ersten durchweichten Blätter auf den Straßen, durch die an den Spitzen schon ein wenig gelblich gewordenen Blätter der Akazien vor seinem Laden. Die Stadt fror. Jakob saß zwischen den Düften seines Ladens auf einem Stuhl mitten im Raum und las. An den großen Schaufensterscheiben, die den zwei Straßenseiten zugewandt waren, rann der Regen herab und das Licht fiel in grauen, fließenden Schlieren auf sein Buch. Jakob mochte diese melancholische Stimmung. Er liebte es, die Menschen auf der Straße durch den Regen eilen zu sehen, ohne daß sie auf seinen Laden achteten. Es gefiel ihm, wenn manchmal jemand den Laden betrat, die kurze Flucht ins Trockene ausdehnte und ein wenig mehr kaufte, als er mußte. Aber noch mehr liebte er es, wenn der Laden leer blieb und er entweder las oder, das Kinn altmodisch in die Hände gestützt, träumen konnte.

Hermann betrat klingelnd den Laden. Die Tür fiel wieder zu, und Hermann stand schweigend, eine einzige fleischgewordene Anklage, im Eingang und sah mit triefendem Mantel verachtungsvoll auf Jakob herab. Er machte mehr als deutlich, daß er dessen Müßiggang zutiefst mißbilligte. Jakob musterte den Freund ruhig. Das Schweigen vertiefte sich, und schließlich sagte Jakob nachlässig, während er sich wieder dem Buch zuwandte:

»... ich höre nachts die Lokomotiven pfeifen, sehnsüchtig schreit die Ferne, und ich drehe mich im Bett herum und denke: ›Reisen ...‹«

»Mitropa, Schlafwagen!« antwortete Hermann, *»Panter, Tiger & Co.* Aha. Regenstimmung. Liest du das?«

Jakob lächelte und bot Hermann einen Platz an. »Nein. Tucholsky fällt mir einfach ein, wenn ich dich sehe. Tee?«

»Mit Rum.« Hermann nickte, warf den Mantel in eine Ecke und fuhr fort: »Wieso ist das Leben so?«

»Wie – so?« fragte Jakob von hinter der Theke, während er eine flache Teekanne heiß ausschwenkte.

»Na, so komisch. So seltsam. So ungerecht. So trist.«

»Zu dir ist das Leben doch nicht ungerecht«, sagte Jakob und blies über das kochende Wasser, »du bist der reiche Chirurg, Liebling aller Frauen und Vater dreier bezaubernder Kinder.«

»Von zwei Frauen«, ergänzte Hermann, »beim zweiten Mal bin ich hängengeblieben. Aber trotzdem, an so einem Regentag ist das auch kein Trost. Sei nicht so geizig mit dem Rum!«

»Das ist Arrak«, sagte Jakob, »und er ist sehr teuer. Mußt du heute noch operieren?«

»Nein, aber selbst dann solltest du nicht am Alkohol sparen, denn die wenigsten Frauen, die sich von mir schön operieren lassen, lieben einen Zickzackstich unter ihren neu gewonnen alabasterfarbenen Brüsten, der sich zwangsläufig ergibt, wenn meine Hände zittern. Wie ist das mit dir, hm? Du wirkst so abgeklärt.«

Jakob brachte die Teeschalen auf einem kleinen javanischen Bambustablett und lachte. »Ich? Klar, ich komme allmählich in das Alter, in dem man die Dinge des Lebens nur noch mit einem akademischen Interesse betrachtet.«

Hermann hatte das Buch aufgenommen und betrachtete den Einband. »Was liest du da? *Die Portugiesin*. Aha. Das ist eher unakademisch. Das handelt sicher von Sex.«

»Von der Liebe«, korrigierte Jakob.

»Das ist dasselbe«, sagte Hermann und roch ehrfürchtig an seinem Tee. »Wunderbar. Ich liebe es, wenn du abgeklärt bist. Dieser Tee ist der beste Schnaps, den ich je gerochen habe. Bist du zufrieden, Jakob?« fragte er übergangslos.

Jakob ließ sich Zeit mit der Antwort. Er nippte vorsichtig an seiner Tasse und sah dann in das klare, helle Gelb des Tees, auf dessen Spiegel sich eine kleine Schaumwolke drehte.

»Ich weiß nicht«, sagte er zögernd, »du stellst schwierige Fragen.«

»Ich weiß!« sagte Hermann zufrieden, »Ich bin

einer der besten Ärzte der Welt. Ich habe den Nobelpreis für Psychologie bekommen. Also?«

»An so einem Regentag ... ich weiß nicht. Bin ich zufrieden?« Er rührte nachdenklich mit einem kleinen Hornlöffel in seiner Tasse. »Ich bin nie ganz zufrieden. Weißt du, früher ... da habe ich mich immer fortgesehnt. In die Ebenen von Afrika oder nach Brasilien. Rio, weißt du noch, damals wollten wir immer nach Rio. Ich hatte das Gefühl, daß ich alles noch vor mir habe, daß ich mich ruhig nach Brasilien sehnen könnte, nach China oder nach Indien in die Teeberge. Ich habe mich gesehnt, seit ich mich erinnern kann.«

»Und wonach genau?« fragte Hermann und blätterte in Jakobs Buch, während er trank.

»Keine Ahnung«, sagte Jakob ausweichend, »deshalb habe ich wahrscheinlich schon immer so viel gelesen. Nach der großen Freiheit. Nach Macht. Abenteuer.«

»Und Liebe!« ergänzte Hermann fröhlich und hielt das Buch hoch. »Die übliche Mischung.«

Jakob schenkte Tee nach und ließ aus einem vorgewärmten Zinnbecher Arrak über einen Löffel in Hermanns Tasse fließen.

»Fast«, gab er zu, »weißt du, seit Gerhard tot ist, habe ich meine Träume verloren. Ich glaube nicht mehr, daß ich etwas Besonderes bin. Daß es ein großes Glück gibt, das in China oder in Indien oder in Afrika oder was weiß ich wo auf mich wartet. Ich träume nicht mal mehr so wie früher. Früher habe ich von der großen Liebe geträumt und ... erinnerst du dich, daß ich dich mal gefragt habe, wo die Halluzinationen herkommen?«

Hermann sah interessiert auf. Jakobs Ton hatte sich verändert. Er nickte.

Jakob griff nach dem Buch. »Hier drin ist eine Frau«, sagte er, »von der ich schon so oft gelesen habe. Du weißt schon, so wie von den fremden Ländern und vom Reisen. Wo wir uns fortgeträumt haben, ins Ungewisse gesehnt. Aber, wenn du älter wirst, ist das alles gar nicht mehr so ungewiß und fremd. Und dann wirst du unzufrieden und fängst an, erst über den Rand hinaus zu träumen, und danach kommt die Sehnsucht.«

»Kenn ich«, sagte Hermann, der ehrfürchtig aus seiner Tasse schlürfte, »geht aber weg, wenn man trinkt.«

»Hermann!« sagte Jakob laut und ärgerlich. »Hör mir zu. Diesmal ist es nicht weggegangen. Ich habe mein halbes Leben von der Portugiesin geträumt, bis ich sie in Hamburg auf einmal gesehen habe.«

»Ich verstehe nicht ganz«, sagte Hermann, »meinst du die Frau selbst? Die aus dem Buch?« Er lachte höflich.

»Die aus dem Buch«, sagte Jakob ernst. »Für einen ganz kleinen Augenblick. Und an diesen Augenblick denke ich jeden Tag. Jeden einzelnen Tag.«

Er holte den Zeitungsausschnitt zwischen den Teedosen hervor und zeigte ihn Hermann.

Der studierte das körnige Bild und gab es schließlich zurück. »Man kann nicht viel mehr erkennen, als daß es eine schöne Frau ist«, sagte er schließlich vorsichtig.

»Ja«, gab Jakob zu, »aber es war genau die Frau, von der ich schon mal geträumt habe. Kennst du das? Wenn plötzlich etwas wahr ist, wovon du nur geträumt hast? Seit ich sie gesehen habe, habe ich von ihr geträumt, aber nicht mehr so wie in einer Bücherwelt, sondern richtig und ...«

»Wie geht's Marietta?« unterbrach Hermann höflich. »Und kann ich noch ein klein bißchen Arrak haben?«

Jakob stockte ernüchtert, dann sah er Hermann an. »Du weißt, daß ich Marietta liebe.«

»Schade«, sagte Hermann beiläufig, »ein viertes Kind hätte ich finanziell noch schaffen können. Aber bitte, erzähl weiter.«

»Du hast mich rausgebracht«, beschwerte sich Jakob.

Sie schwiegen. Jakob sah aus dem Fenster. Draußen rauschten die Autos über spiegelnde Straßen; die Fußgänger hatten es alle eilig – das Leben ging weiter.

»Ach ja«, sagte Jakob, »die Liebe. Siehst du, das hatte nichts mit Marietta zu tun; ich meine, wir sind einfach ...«, er suchte nach den richtigen Worten, »wir sind eben ein weltliches Paar. Sozusagen. Vielleicht habe ich deshalb immer von der Portugiesin geträumt. Einer Liebe, die das ganze Leben so durchtränkt, daß sie dir kaum Luft zum Atmen läßt. Keine reale Liebe. Eine Liebe, in der man es nicht ertragen kann, ein paar Stunden ohne den anderen zu sein. Eine totale Liebe. Keine Liebe, bei der dir gesagt werden muß, daß du geliebt wirst. Oder bei der du ab und zu eine Ahnung davon hast, was der andere fühlt oder denkt. Da in Hamburg auf dem Bahnsteig, da war ich einen Augenblick in dieser Liebe, bei der du nicht glaubst oder denkst. Du weißt schon, ohne die Gedanken, die du hast, wenn du frühmorgens nach einer schönen Nacht nach Hause gehst und die dann nicht mehr nur der Name deiner Geliebten sind, sondern auch Zweifel und Frühstück und Arbeit und Frösteln und so weiter. Das ist nicht das, was ich meine. Wonach ich mich immer gesehnt habe, ist eine Art Liebe, bei der du ganz genau weißt – nicht glaubst –, genau weißt, wie unglaublich du geliebt wirst.«

»Ein bißchen so wie hier drin«, murmelte Hermann, der sich festgelesen hatte.

»Ein bißchen. Siehst du, deshalb habe ich die Geschichte und die anderen alle immer wieder gelesen. In jedem Buch findest du einen winzigen Fetzen von diesem Glück. Immer nur eine allerkleinste Ahnung davon.«

»Aber jetzt träumst du nicht mehr?« fragte Hermann und legte das Buch weg.

Jakob trank einen Schluck.

»Ich versuche es. Wenn man nicht träumt, gibt es auch nichts, wonach man sich sehnen kann«, sagte er nachdenklich, »aber manchmal denke ich, daß ich gar nicht richtig lebe, weil ich mir alles zu einem Mittelmaß zurechtgedacht habe: Es gibt keine großen Abenteuer in China, Indien oder Japan. So ist das Leben eben. Es gibt nicht das Rio, von dem du geträumt hast: Karneval und Copacabana und Männer in weißen Tropenanzügen und geheimnisvoller Regenwald. So ist das Leben eben, in Wirklichkeit wärst du in Rio in einem schäbigen Hotel. Es gibt kein Casablanca, in dem Bogart in Rick's Café romantisch trinkt. Die Welt war auch niemals grobkörnig, schwarzweiß und unwahrscheinlich elegant. Frauen sind nicht kühl, sondern haben alle um die 37° C Körpertemperatur und außerdem gehen sie wie wir aufs Klo. So ist das Leben. Tee ist Tee. Kaffee ist Kaffee, nicht irgendein wunderbares Tropengetränk. Mokka ist nicht so dickflüssig, wie er meiner Vorstellung nach sein müßte. Ufos, Feen, Engel und Zwerge sehen immer nur andere, ich jedenfalls nie. Menschen lieben nicht so, daß man verzweifelt, wenn man sie ein paar Tage nicht sieht. Und Bücher sind Bücher, Geschichten, die man liest und mag oder nicht mag, und sie verändern die Welt um kein Jota, auch wenn die Zensur das immer glaubt. So ist eben das Leben: schäbig oder ganz nett. Dreckig oder halbwegs sauber. Und du hast Glück, wenn es ganz ordentlich geht.«

»Kann ich mir das mal leihen?« fragte Hermann und hielt das Buch hoch.

Jakob nickte. »Ich denke, ich träume nicht mehr, weil ich das eben allmählich kapiert habe. Auch wegen Gerhard. Man muß zufrieden sein, weil man keine Ahnung hat, ob man morgen noch lebt. Ich will mir nicht ein Leben zurechtträumen und den Rest meiner Tage mit der Sehnsucht danach verbringen.«

»Gut!« sagte Hermann. »Sehr gute Einstellung.« Er verstaute das Buch sorgfältig in seiner Jackentasche. »Und jetzt bist du also zufrieden?«

Jakob starrte in seine Tasse. Dann warf er sie plötzlich in einem wilden Ausbruch von sich und schrie: »Nein, verdammt! Oder ja, ich bin zufrieden. Aber ich will nicht bloß zufrieden sein. Ich scheiße aufs Zufriedensein! Ich *will* mich sehnen! Ich *will* wieder glauben. Da muß es doch mehr geben als bloß blödes realistisches Leben mit Aufstehen und

Essen und Trinken und Liebe aus Gewohnheit und wegen der Kinder. Diese schwachsinnigen kleinen Freuden des Alltags. Der eine Sonnenstrahl am Regentag. Als ob das alles wäre, was eine Sonne kann, die eine Million mal größer als die Erde ist. Ein einziger beschissener kleiner Sonnenstrahl, ja? Ein Frühlingstag im ganzen Jahr? Ein Kuß, der allererste vielleicht oder dieser eine besondere. Warum nicht immer? Warum soll nicht jeder Kuß schöner als der andere sein? Warum soll man nicht jedesmal vor Lust vergehen und schmelzen und sich aufgeben? Warum kann es denn nicht die Portugiesin sein, wenn sie schon mal da ist? Wenn ich doch weiß, daß es sie gibt, weil ich sie gesehen habe? Warum kann mein Leben nicht auch mal zur Abwechslung schwarzweiß und körnig sein? Bloß weil immer alles mittelmäßig war, muß es auch den Rest meines Lebens so bleiben, ja? Ich habe keine Lust auf die kleinen Freuden des Alltags. Ich will mich nicht immer mit mir selbst arrangieren müssen und mir einreden, daß die Welt so paßt, wie ich sie finde. Kann es nicht einmal so sein, daß sie wirklich paßt? Daß alles genau richtig ist? Daß man nicht nur zufrieden sein muß, sondern ... ach ich weiß nicht. Ich hab keine Lust, verdammt noch mal, bloß blödsinnig zufrieden zu sein! Ich will nicht einfach bloß zufrieden sein! Ich will ...!«

»Ja!« sagte Hermann, der ruhig zugehört hatte, stand auf, griff nach seinem Mantel und zog ihn mit einer Grimasse an. »Ja. Das überleg dir mal. Tschüs!« sagte er und war aus der Tür, bevor Jakob geantwortet hatte.

Fassungslos sah der ihm nach. »Idiot!« murmelte er.

Die Tür ging noch einmal auf, und Hermann steckte seinen mächtigen Kopf herein, grinsend. »Ach ja«, sagte er, »danke für den Rum und das Buch!«

»Arrak!« schrie Jakob ihm nach, »Arrak!« Aber die Tür war schon wieder zu.

Im Jahr 1599, als Oliver Cromwell, der einzige Diktator Englands, mitsamt seiner übertrieben strengen Sittengebote, die Alkohol, Theater und Gesang verboten, geboren wurde, ein Jahr, bevor die Britisch-Ostindische Kompanie gegründet wurde und Tee in immer größeren Mengen nach England brachten, in diesem Jahr braute der britische Admiral Sir Edward Kennel mit dem einen Paket Tee, das er als erster und einziger aus Asien mitgebracht hatte, einen Teepunsch für seine Matrosen. Dieser Punsch war eine großartige, wunderbare Orgie der Verschwendung. Sie feierte die neuen tropischen Spezereien und Getränke. Admiral Kennel hatte in seinem Garten ein Schwimmbecken aus Marmor. An diesem 25. Oktober ließ er neun Fässer Tee kochen, 80 Fäßchen tropischen Arraks auf riesigen Holzfeuern erhitzen, 25 000 große Zitronen in Scheiben schneiden und noch einmal 80 Pint Zitronensaft pressen und aufkochen und schließlich in dieses Becken gießen. Dann ließ er sechs Zentner jamaikanischen Zucker heranschaffen und fünf Pfund Muskatnüsse reiben, bis das ganze Schloß von einer duftenden Wolke erfüllt war. Diese Zutaten lösten seine Köche in einem großen Faß warmen Malagaweins auf, schafften das Faß mit einem Karren zum Becken und gossen seinen Inhalt hinein. Zu diesem Zeitpunkt war keiner der Bediensteten mehr nüchtern, auch wenn sie nicht gekostet hatten. Der alkoholische Dampf, gemischt mit dem Duft des chinesischen Tees, zog in Schwaden durch den Garten. Natürlich regnete es, als die sechstausend Gäste unter dem Absingen zotiger Seemannslieder und romantischer Shantys eintrafen. Aber Admiral Kennel hatte einen Baldachin über sein Becken spannen lassen, und dann wurde ein Schiffsjunge unter unbeschreiblichem Jubel in ein Boot aus Rosenholz gehievt, das auf dem Punsch schwamm. Mit einer Kelle, die dem Rudern und Schöpfen gleichermaßen diente, trieb er über den dampfenden Teich, schöpfte, schöpfte und schöpfte und mußte binnen einer Viertelstunde abgelöst werden, weil er durch den herrlich duftenden Dunst, den er ständig atmete, bereits so betrunken war, daß er aus seinem Rosenholzboot zu fallen drohte. Er wurde durch einen anderen ersetzt, und das Fest ging weiter, man berauschte sich am Punsch und gleichermaßen an der schieren Größe der Terrine, am Duft und am eigenen Ruhm als Seefahrer, durch deren Mut all diese Kostbarkeiten erst hatten herbeigeschafft werden können. Es dämmerte schon, als der letzte Schiffsjunge erschöpft und glücklich eingeschlafen war und das Rosenholzboot endlich auf Grund lief.

Jakob ging hinter die Theke, um Schaufel und Besen für die weggeworfene Tasse zu holen, aber als er beides in der Hand hatte, überlegte er es sich anders und ließ es fallen. In ihm zitterte noch die Aufregung des Gesprächs mit Hermann nach. Und nachdem er ihm von der Portugiesin erzählt hatte, war die Erinnerung an Café und Bahnhof und vor allem an sie wieder da. »Jakob von Ketten« hatte sie ihn genannt, und »Wirst du warten?« hatte sie ihn gefragt. Er stand im Laden und lauschte dem Nachhall seines eigenen Ausbruchs, überrascht von dem, was da aus ihm herausgesprudelt war. Gut, dachte er laut und zornig, gut. Wann, wenn nicht jetzt! Er holte sich die Leiter, stieg hoch und begann in dem Regal über dem Durchgang zu kramen, in dem er alles mögliche aufbewahrte, was nicht in die Verkaufsregale gehörte. Nach einer Weile hatte er gefunden, was er gesucht hatte, und warf eine Dose nach der anderen absichtlich rücksichtslos vom Regal herunter. Die Blechdosen fielen auf Theke und Boden und sprangen auf. Jakob fegte alle Dosen vom Regal, die er finden konnte, dann stieg er hinunter und sammelte fluchend die Probenbeutelchen auf. Immer noch wütend über sich selbst bereitete er alles zu einer Verkostung vor, wie er sie manchmal in seinem Laden für besondere Kunden durchführte. Er knallte Tassen und Untertassen, Kännchen und Deckel auf die Theke, setzte den Topf mit dem besonderen Quellwasser so auf den Herd, daß er überschwappte und das Gas löschte, fluchte wieder und zündete das Gas noch einmal an. Er riß die Probenbeutel auf, daß Tee herausfiel, und schmiß die Papierbeutelchen zusammengeknüllt in alle möglichen Ecken. Nur das Abwiegen der Proben besorgte er genau – mit so einer feinen Verrichtung kann man nur schwerlich seine Wut ausdrücken. In diesem Augenblick haßte er sich für jede einzelne seiner

Gefühlsregungen: für seine Unehrlichkeit gegenüber sich selbst, für das Jahr, in dem er sich nicht eingestanden hatte, wie unzufrieden er mit seinem Leben war. Und gleichzeitig beschimpfte er sich mit höhnischen Worten für seine Unfähigkeit, aus der einfachen, echten Liebe zu Marietta eine große zu machen. Er haßte seinen Bruder dafür, ihn mit der Angst alleingelassen zu haben, das Leben nicht voll genug zu leben, bevor man viel zu schnell starb. Er haßte sich für das Durcheinander in seinem Innern, dafür, viel verletzlicher als Hermann zu sein und viel romantischer als Luise. Und dafür, daß er nicht aufhören konnte, sich nach einem Traumbild zu sehnen und diesen Blödsinn zu tun, den er gerade tat.

Schließlich dampfte aber auf dem umgedrehten Deckel jeden Kännchens das Häufchen überbrühter Teeblätter; in jeder Tasse stand eine genau abgemessene Menge heißen Tees, und Jakob, dessen Wut über sich allmählich stiller geworden war, ging die Reihe der Tassen entlang, roch an jedem Aufguß und nahm von jeder Tasse einen Schluck. Als er fertig war, schäumte er innerlich. Es war unmöglich! Niemand konnte aus Tee, der schon anderthalb Jahre alt war, noch die feinen Nuancen herausschmecken, an die er sich erinnerte. Alle Tees waren grauenvoll und schmeckten in erster Linie nach Staub. Jakob ging ein zweites Mal die Reihe entlang und warf systematisch eine Tasse nach der anderen auf den Boden. Danach ging er über die knirschenden weißen Scherben zur Ladentür und schloß sie von innen ab.

Dann kehrte er auf.

Und dann begann er, aus der anderthalb Jahre alten Erinnerung an einen Geschmack neue Sorten Tee zu mischen.

Die erste der sieben Regeln des *cha-dô*, die der große Teemeister Rikyû einem Schüler nannte, der ihn nach dem Geheimnis der vollendeten Teezeremonie gefragt hatte, lautete: »Bereite eine köstliche Tasse Tee.«

Der Schüler schwieg zunächst sehr respektvoll, aber schließlich hielt er es doch nicht mehr aus und sagte: »Wie kann das schwer sein, Meister? Ihr habt mich alles über Tee gelehrt, über die richtige Hitze des Feuers, das rechte Teegerät, die Klarheit des Quellwassers und über die Güte des Tees.«

»Gut«, sagte Sen Rikyû, und beugte den Kopf, »wenn du das kannst, will ich dein Schüler werden.«

Viereinhalb Stunden später hatte Jakob knapp sechzig neue Sorten gemischt. Er beschloß, sie in je zehn Portionen aufzubrühen. Er hatte nicht mehr Tassen übrig. Es regnete immer noch. Ab und zu klopfte jemand an die Schaufensterscheibe, aber er kümmerte sich nicht darum. Nachdem Jakob ständig die großen Teedosen geöffnet hatte, um die Tees zu mischen, roch es im Laden ungewöhnlich stark und betäubend. Jakob ging Wasser kochen.

Er hatte an dreiundvierzig Sorten gerochen, dreiundvierzig Mal geschmeckt und dreiundvierzig Schluck Tee ausgespuckt und sich ebenso oft den Mund gespült, als er feststellte, daß er die richtige Mischung getroffen hatte. Sorgfältig trank er die

Tasse aus. Dann räumte er auf, fegte und wischte den Laden. Dann nahm er seinen Mantel, schloß die Ladentür hinter sich ab und ging in den Regenabend.

Als Bodhidharma einstmals des Nachts meditierte, überkam ihn der Schlaf und die Augen fielen ihm zu. Als er kurze Zeit später hochschreckte, geriet er über seine Nachlässigkeit so außer sich, daß er sich die Augenlider abschnitt, um nicht wieder in Schlaf fallen zu können. Die Lider, so geht die Sage, fielen zu Boden; die Wimpern bildeten sich zu feinen Wurzeln aus und noch während der Nacht blühte der Teestrauch. Als Bodhidharma am nächsten Tag von den Blättern kostete, durchrann ihn eine helle Wachheit für immer.

Das Teeblatt und das Augenlid haben dieselbe Form.

Wie ist das, wenn man nie mehr die Augen schließen kann, weil man keine Lider mehr hat? Wenn man immer alles sieht?

Über Nacht hatte der Regen aufgehört und es war sehr kühl geworden. Dichter Nebel stand im Hinterhof, auf den Jakob beim Frühstück blickte, und alles wirkte unscharf. Jakob saß in der frühmorgendlichen Küche und trank Tee, der nach nichts zu schmecken schien. Gestern war er noch lange durch die Stadt gewandert, bevor er sich getraut hatte, in den Bahnhof zu gehen. Er war nur sehr zögernd auf die Bahnsteige getreten, die so spät leer und glänzend dagelegen hatten. Dort hatte er gestanden. Natürlich war kein Zug gefahren. Kein Orientexpreß und kein Lokalzug. So leer hatte er den Bahnhof noch nie gesehen. Er lag da wie der Bahnhof einer H0-Anlage, mit der nachts keiner spielt und bei der man nur vergessen hat, die Lichter auszuschalten.

So war er erst sehr spät und sehr naß nach Hause gekommen. Es hatte sich nichts verändert – die Welt war die gleiche geblieben. Natürlich hatte es keine Portugiesin gegeben und vielleicht war auch in Hamburg alles nicht wahr gewesen. Wie albern er sich vorgekommen war, gestern auf dem Bahnsteig. Es war gut, daß niemand dort gewesen war und niemand wußte, was er da getan hatte. Fischen in den Pfützen zwischen den Gleisen. Gold schürfen im Betonfundament der Bahnsteige. Im Schotter nach Blumen suchen. Wenn er sich von außen hätte sehen können – was für eine traurige Gestalt, die in Teetassen nach Abenteuern sucht.

An diesem Morgen fühlte er sich schal und häßlich. In der Wohnung war es still. Marietta schlief noch zusammen mit ihrer Tochter, die nachts zu ihnen ins Bett gekommen war. Was sollte geschehen? Oder: Was hätte geschehen sollen? Was hatte er sich erwartet? Eigentlich sollte er wohl eine Entscheidung treffen, aber welche denn? Zerschlagen stand er auf, trug das Geschirr ab und verließ nach kurzer Zeit das Haus. Der Nebel war auf Katzenpfoten gekommen, hockte jetzt auf samtweichen Schenkeln über der Stadt und sah hinunter, bevor er sich schweigend und fließend weiterbewegte. Jakob wässerten die Augen, weil alles so unscharf schien. Ein Gefühl der Unwirklichkeit, wie man es ein- oder zweimal im Jahr hat, wenn der dichte Nebel die Stadt verändert, fremd und aufregend macht, wenn man plötzlich Gefahr läuft, sich in den vertrauten Straßen, auf den bekannten Plätzen zu verlaufen, stieg in Jakob hoch. Er ließ sich treiben und fand eine Lust darin, seine Ortskenntnis an einem seidenen Faden hängenzulassen. Das Licht der Straßenlaternen drang nur schwach und gelblich hinab auf die Straße, der Nebel war dicht wie Rauch. Auf Jakobs Mantelaufschlag lag ein Teppich feiner Tröpfchen. Als er den weiten Platz vor der Oper überquerte, gab es einen Augenblick, in dem er in der Mitte des Platzes stand, sich auf dem Absatz langsam um sich selbst drehte und rings um sich nichts als Nebel sah. Die Geräusche wehten auf den Nebelschwaden daher und waren ebenso weich und ungreifbar wie diese. Er drehte sich so lange, bis er überhaupt nicht mehr wußte, aus welcher Richtung er gekommen war. Natürlich – sobald er das Ende des Platzes erreicht hatte, würde er sich wieder auskennen, aber für drei Minuten war er jetzt in einem Nebelmeer verloren. Er zögerte kurz, gab sich keine Mühe, bestimmte Geräusche herauszuhören, und ging einfach in eine bestimmte Richtung los. Obwohl er langsam ging, um das Gefühl des Verlorenseins auskosten zu können, kannte er sich schon nach kurzer Zeit wieder aus. Er war auf dem kleinen Platz vor der Hauptkirche gelandet, von dem die Fußgängerzone der Stadt ausging. Er überquerte auch diesen Platz und bog in die Fußgängerzone ein, wobei er den Eindruck hatte, daß der Nebel ein klein wenig lichter wurde, wenngleich die Läden auf beiden Seiten nur schwer auszumachen waren, wenn man in der Mitte der Straße ging. Das ungewöhnliche Wetter schien die Stadt in allem verlangsamt zu haben, denn obwohl es so früh gar nicht mehr war, begegneten Jakob nur wenige, schweigsam und verschlafen wirkende Menschen. Er passierte eben den Brunnen, als sich aus dem Nebel plötzlich große Umrisse eines Dings abzeichneten, das Jakob unmöglich erkennen konnte. Er blieb stehen und sah fasziniert zu, wie sich aus dem Nebel förmlich etwas materialisierte, das er keiner bekannten Gestalt zuordnen konnte, bis plötzlich wie mit einem Klick die Linien an den richtigen Platz rutschten und Jakob erkannte, daß er einen Elefanten vor sich hatte. Verblüfft sah er, daß sich hinter dem Elefanten ein kleiner Zug von Zirkusleuten mit weiteren Tieren wie Kamelen und Eseln aus dem Nebel wie aus einem Tuch schälte und schweigend an ihm vorbeizog, die Plakate und Werbefähnchen noch aufgerollt und feucht vom Nebel. Auf einem der Kamele ritt eine müde kleine Tänzerin von vielleicht acht oder neun Jahren; sie fröstelte in ihrem Kostüm. Als Jakob sie betrachtete, sah sie ebenfalls auf, und ihre Blicke verfingen sich ineinander. Jakob wurde fast auf der Stelle rot, weil er Dinge dachte, die man einem kleinen Mädchen gegenüber nicht denken darf, aber das Mädchen schien zu wissen, was er dachte, und rief ein leises, sehnsüchtig- trauriges: »Ciao, Conte!«

Jakob war auf eigenartige Weise tief getroffen. Diese zwei Worte hatten eine Traurigkeit in ihm zum Klingen gebracht, die er in dieser Intensität gar nicht mehr gekannt hatte. Er blieb stehen, bis der schweigende Zug wieder im Nebel verschwunden war, bis er weitergehen konnte. Er grübelte über das Gesicht nach. Von so eigenartiger Schönheit ...

Es war komisch, wie der Nebel Entfernungen veränderte und Eindrücke verschob.

Als in der Mitte des 16. Jahrhunderts die Winde mit ihren glockenförmigen Blüten von Händlern nach Japan gebracht wurde, pflanzte Rikyû, der Teemeister, sie in seinem Garten an. Noch kannte kaum jemand diese neue Blume, und so erreichte der Teegarten Rikyûs gegen seinen Willen eine rasche Berühmtheit, die eigentlich nicht recht zu seinem Streben nach Bescheidenheit und seiner Freude an den leisen Tönen passen wollte. Sein Lehnsherr, der Militärgouverneur Hideyoshi, der die Winde noch nie gesehen hatte und neugierig war, bat um eine Einladung zum Morgentee. Es war im späten Frühling und die Sonne ging eben auf, als Hideyoshi durch das schon etwas verwitterte Tor in den Garten trat. Während er die gewaschenen und besprengten Steinplatten im unteren Teil des Gartens hinaufstieg, sah er nichts anderes als fein geharkten Kies und Sand. Auch im oberen Teil, wo das Wasserbecken für die Reinigung des Mundes und der Hände bereitstand, war der Garten nichts als ein erlesen einfaches Arrangement von Kies, Steinen, Bach und Sand. Nicht eine Blume wuchs zwischen den Kirschbäumen, die bereits geblüht hatten. Hideyoshi betrat den Teeraum verstimmt, aber nur, um in tiefer Ehrfurcht vor der Bildnische stehenzubleiben. Dort, in einer kostbaren Wasserschale aus der Sung-Dynastie, schwebte eine einzelne, vollkommene Windenblüte auf dem Wasserspiegel.

Später stand Jakob in seinem Laden, den er aufgeräumt hatte. Alles hatte einen Hauch Unwirklichkeit, wie er manchmal über den Dingen liegt, wenn man übermüdet ist. Eigentlich passiert an solchen

Tagen nichts, denn es sind die ruhigen Tage nach lauten Festen oder durchliebten Nächten. Draußen lichtete sich der Nebel allmählich zu einem schlierigen Vormittag; die Stadt war in Halbtrauer.

Es duftete heute nicht im Laden. Kein Wunder, dachte Jakob, die Düfte haben sich gestern gegenseitig erdrückt. Er fühlte sich, als hätte er getrunken, aber ohne Schwere in den Gliedern. Kunden kamen ungleichmäßig, vereinzelt durch den Laden, bestellten fahrig und maulfaul Kleinigkeiten und verschwanden grußlos. Man kam weder zur Ruhe noch vergaß man über steter Arbeit das leicht schwebende Gefühl. Als die Frau hereinkam, brauchte er deshalb zwei Augenblicke, um zu erkennen, was er sah.

Die Frau war von außergewöhnlicher Schönheit und von außergewöhnlicher Extravaganz. Ihr Hut mit einem kurzen Schleier daran hätte bei jeder anderen Frau lächerlich ausgesehen, aber diese Frau trug sogar Handschuhe dazu. Sie reichten bis zum Ellenbogen.

»Ich hätte gerne etwas Assam.« Eine Stimme wie flüssiger Rauch.

Jakobs Mund war auf einmal trocken. »Assam paßt nicht zu Ihnen«, antwortete er. »Was Sie suchen, ist grüner Sencha mit Bergamotte. Wenn es überhaupt jemanden gibt, für den Tee parfümiert werden sollte, dann ...« Er ließ den Satz unvollendet.

Sie musterte ihn. »Für einen Teeverkäufer sind Sie reichlich unverschämt«, sagte sie gelassen.

»Und Sie haben für Ihr Aussehen bedauerlich wenig Geschmack, was Tee anbelangt«, antwortete Jakob kühl.

»Tee, mein Lieber«, sagte die Frau nachlässig, »interessiert mich nur am Rande.« Sie betrachtete Jakob völlig ungeniert.

»Das merkt man«, sagte Jakob, der den Blick erwiderte, »aber das kann ich ändern.«

»Ach ja?« Uninteressierter Augenaufschlag.

»Ja.« Jakobs Antwort. »Nehmen Sie jetzt Assam oder Sencha?«

»Das hört sich an wie: ›Nehmen Sie jetzt Krieg oder Frieden?‹«

»Das heißt es auch«, sagte Jakob, der fasziniert feststellte, daß die Frau einen Ring über ihrem Handschuh trug.

»Dann nehme ich Assam.«

»Wie schön«, sagte Jakob, als er den Tee abzuwiegen begann, »es hätte mich enttäuscht, Sie allzuschnell zu besiegen.«

Die Frau betrachtete Jakobs Hände, die sich ruhig und sicher bewegten.

»Sie werden mich gar nicht besiegen.«

»Das werden wir sehen, Madame«, sagte Jakob ironisch, verbeugte sich mit spöttischer Leichtigkeit und wehrte ab, als die Frau aus dem Nichts ein Portemonnaie zauberte: »Betrachten Sie das Päckchen als meine Kriegserklärung. Kriegserklärungen sind gratis.«

»Ich weiß noch gar nicht, ob ich mit Ihnen Krieg führen will«, sagte die Frau, als sie Jakob das Päckchen aus den Händen nahm.

»Selbstverständlich«, sagte Jakob und hielt ihr die Tür auf. Draußen war es noch immer diesig. »Auf Wiedersehen.«

Sie drehte sich elegant durch die Tür und war

nach einigen Schritten um die Ecke verschwunden. Im Laden hing ihr Parfüm: ein herrischer, schwerer Duft, der nur zu ihr paßte, solange sie da war.

»Oh, là, là«, sagte Jakob und fand diesen Ausdruck ausnahmsweise nicht albern.

Als er an diesem Abend nach Hause ging, war der Nebel endlich verschwunden, aber dafür hatte es zu regnen begonnen. Die Straßen spiegelten. Jakobs Gedanken hingen bei der Erscheinung von heute morgen. Was für eine ungewöhnliche Frau. Er versuchte, sich an ihr Gesicht zu erinnern, aber es gelang ihm nicht. Ihm war nur sein Erstaunen über ihre Schönheit im Gedächtnis. Etwas erinnerte ihn – war es das hellgraue weiche Kleid oder die scharfe gerade Nase? – an die Portugiesin. Aber die Portugiesin war an den Rändern unscharf geworden und der gewohnte kleine Schock durch den Magen, der Blutstoß, war weicher als früher. Neben ihm zischten die Reifen eines Autos über die nasse Straße. Jakob sah ihm lächelnd nach. Ein Opel Kapitän, wie aus den schwarzweißen Bildern im Familienalbum. Er konnte sich nicht erinnern, aber auf dem Bild stand er an der Hand seiner Mutter im Schnee, sein Vater stieg eben aus dem Wagen des Großvaters. Die Männer in kurzen dunklen Mänteln und mit langen Koteletten. Seine Mutter mit einer hochgetürmten Frisur. Der Wagen war fort. Er hatte so exotisch unter all den Autos mit Fließheck und ABS gewirkt wie die Frau von heute morgen. Er liebte es, wenn solche Geschichten geschahen. Deshalb stand er immer noch gerne ab und zu im Laden. Als er zu Hause ankam, schwenkte er seine Tochter durch die

Luft und erzählte Marietta von der Frau. Er ertappte sich dabei, wie er sie ein paarmal als Dame bezeichnete. Marietta lächelte über seine Geschichte, aber nur ein wenig.

»Die Luft ist seltsam heute«, sagte sie, »ich habe Kopfschmerzen.«

»Ich weiß«, sagte Jakob, »komisches Wetter.«

Sie gingen gemeinsam zu Bett, aber Marietta schlief unruhig wegen der Kopfschmerzen, und so wunderte es Jakob nicht, daß er erwachte, ohne seine Hand unter Mariettas Hüfte zu finden.

An den folgenden Tagen und in den Wochen, die daraus wurden, änderte sich das Wetter kaum. Marietta klagte immer häufiger über die eigenartige Luft, die ihr das Atmen schwermache. Aber auch Hermann und Luise, die Jakob kurz hintereinander traf, fühlten sich nicht recht wohl.

»Herbst«, sagte Jakob dann wohl. Er schien der einzige zu sein, der diese Atmosphäre immer mehr zu genießen begann: wie die Sonne nur nachmittags wie bei Gewitterlicht schien, den Boden erwärmte und morgens Nebel in die Stadt drückte, wie die Regentage kaum Erleichterung brachten, weil sie sich nach kurzer Zeit aufs Gemüt legten. Diese Zeit, in der es einfach nicht richtig hell zu werden schien, weil die wirklich strahlenden Tage ausblieben. Jakob fühlte sich zurückversetzt in eine Jugend, in der die Herbsttage genau so gewesen waren. Die Tage, in denen man kinderglücklich gewesen war, in denen Morgennebel bis mittags in den Straßen hingen und man in ihnen verschwinden konnte wie in einem Versteck. Jakob war, als hätte er endlich wieder Augen für die Welt ringsum bekommen und sähe die Dinge ganz neu. Vielleicht hatte er seine Heimatstadt und seine Umgebung vorher nie so sehen können wie sie waren: Vielleicht war es ja nur eine Frage der Sichtweise gewesen, daß die Dinge wie in einem Vexierbild mit einem Mal an ihren Platz gerutscht waren. Er fühlte sich leicht und fast fiebrig glücklich. In diesem Herbst war er endlich nach Hause gekommen und hatte sich in der Welt eingerichtet. In ihr Getriebe war – vielleicht durch den ewig feuchten Nebel – der Tropfen Öl gekommen, durch den auf einmal alles leicht und wie von selbst ging. Um ihn bewegte sich alles glatt, faszinierend schnell und bezwingend schön. Der Krieg mit der Gräfin, die wirklich eine Gräfin war, hatte längst angefangen und er führte ihn mit vollem Herzen. Er fühlte sich schön und herrisch im Kampf gegen eine so anachronistische Gegnerin. Jeden Vormittag wartete Jakob ungeduldiger auf die kühl fließende, rauchige Stimme und das arrogante Parfüm. Es war nicht verwunderlich, daß sich die Schlachten allmählich in Cafés verlagerten. Schließlich rangen sie miteinander und sie schlug ihn mit dem Ring über den Mund. Das war in der Hotelsuite der Gräfin. Jakob hatte nicht einmal gewußt, daß es in der Stadt Hotels gab, die solche Suiten zur Verfügung stellen konnten.

»Ich wußte nicht, daß wir solche Hotels haben«, sagte er glücklich zu Hermann, der ihm ein kühlendes Mittel auf die aufgeplatzte Lippe sprühte.

»Hatten wir bisher auch nicht«, sagte Hermann müde. Er war nicht zu Scherzen aufgelegt. Ähnlich wie Marietta litt er unter dem Wetter und hatte ständige Kopfschmerzen.

»Ich war schon einmal in dem Hotel, als ich noch nicht hier gewohnt habe«, sagte er mürrisch. »Und damals gab es in der ganzen Klitsche kein einziges anständiges Zimmer. Halt das hier drauf, sonst schwillt die Lippe noch mehr an. Nette Frau, deine Gräfin. Hoffentlich tut es weh.«

»O ja!« Jakob warf eine Hand in die Luft. »Es ist eben passiert. Ich liebe sie nicht oder so. Das ist einfach wie ein Kampf, und ich will gewinnen.« Aus irgendeinem Grund war er stolz auf sich.

Hermann sah angelegentlich auf Jakobs Lippe.

»Hat *sie* einen Schädelbruch?« fragte er trocken.

»Mein Gott!« rief Jakob. »Ist dir das noch nie passiert? Das ist eine Frau wie ... wie aus einem Film. Wie Greta Garbo oder Marlene Dietrich oder so, wie man sich eben seine Traumfrau vorstellt. So was gibt's in Wirklichkeit gar nicht. Sie ist absolut perfekt, also körperlich, meine ich, und ...«

»Sie ist ein Abziehbild«, sagte Hermann, der sich auf die Liege gesetzt und den Kopf in die Hände gestützt hatte. »Scheiße. Ich habe solche Kopfschmerzen. Ich hab' noch nie Kopfschmerzen gehabt, noch nie in meinem ganzen Leben.«

»Bin ich fertig?« fragte Jakob.

»Danke für Ihr Mitgefühl«, sagte Hermann und stand auf. »Ja, du bist fertig. Hoffentlich haut dir Marietta auch eine rein. So eine Art Zweifronten-krieg. Tschüs.«

Jakob verließ die Praxis nur leicht gedämpft. Seine Zufriedenheit umgab ihn im Augenblick wie eine Rüstung. Und trotz der Lippe fühlte er sich unverletzlich. Hermann war eben in schlechter Stimmung gewesen. Als er an diesem Abend nach Hause ging, hatte er das Gefühl, als sei es dunkler als sonst. Erst nach einiger Zeit bemerkte er, daß die Stadtverwaltung offensichtlich die glatten Peitschenlaternen, die er noch nie hatte leiden können, gegen ausgezeichnet gemachte Nachbildungen von Gaslaternen ausgetauscht hatte. Wenn man genau hinsah, konnte man sogar ein leichtes Flackern sehen, so, als ob sie wirklich mit Gas brannten. Es sah schön aus, fand Jakob. Es hatte etwas vom viktorianischen London. Er erzählte Marietta davon, als er zu Hause war, aber sie hörte ihm kaum zu, weil sie, ähnlich wie Hermann, Migräne hatte.

»Es hört überhaupt nicht auf«, sagte sie.

»Die Kopfschmerzen?« fragte Jakob.

»Nein«, antwortete Marietta, »dieses komische Wetter und dieses Gefühl. Als wenn ich durch Watte ginge. Ich habe immer das Bedürfnis zu schreien, um dich erreichen zu können, auch wenn du so nah bist. Und durch die Kopfschmerzen kann ich nicht klar sehen. Als ob du verschwommen wärst.«

Als sie später im Bett waren, betrachtete Jakob Marietta und meinte zu sehen, daß sie sich verändert hatte. Ihr Gesicht war ein bißchen anders geworden. Jakob mochte das.

»Du liest gar nicht mehr«, sagte Marietta.

»Keine Lust dazu«, sagte Jakob und entdeckte fasziniert, daß Mariettas Haarfarbe sich geändert hatte.

»Hast du dir die Haare gefärbt?« fragte er.

»Das macht das Licht«, sagte sie erschöpft. Kurze Zeit später schlief sie.

Die folgenden Tage und Wochen verwehten wie
Herbstlaub: bunt und wirbelnd. Jakob ließ sich treiben, fröhlich und unberührt von der Mißstimmung
der anderen um ihn. Obwohl er die Gräfin mehrmals
in der Woche sah, konnte er keine Tiefe in ihr finden.
Er spielte mit ihr, und sie – er wußte nicht recht, ob
sie auch mit ihm spielte oder nicht vielmehr mit ihm
kämpfte, weil sie um ihn kämpfte. Manchmal schien
ihm, er sei der einzige Mensch, den sie kannte. Ihre
Gespräche waren vom ersten Augenblick ihrer Treffen an wie Waffengänge. Die meiste Zeit fochten sie
Florett. Ironische, blitzende Redegefechte, kurz und
schnell, daß ein Außenstehender ihnen kaum hätte
folgen können. Aber es gab auch Duelle auf Säbel
sine sine: sarkastische und laut geführte Gespräche,
die auch die Aufmerksamkeit der umsitzenden Gäste
in den Cafés auf sich zogen, in denen sie sich tra-
fen. Es war Jakob gleichgültig, ob ihn Bekannte
mit der Gräfin sahen. Er fühlte sich unangreifbar.
Er war unangreifbar. Schließlich gab es noch die
Streitgefechte, in denen Beleidigungen und An-
schuldigungen von atemberaubender Brutalität
und Gemeinheit wie Zweihänder geführt wurden:
gedankenlos und wie im Rausch des gegenseitigen
Verletzens. Wie ihre Gespräche waren, so schliefen
sie miteinander. Es gab kaum Augenblicke von Wärme, aber manchmal, nach schrecklichen Szenen mit
ihr, wenn er sich vorgenommen hatte, sie nicht mehr
zu sehen, stellte er nach einigen Tagen fest, daß sein
Körper den ihren mit schmerzlicher Gier vermißte.
Trotzdem, jedesmal, wenn er das Hotel verließ, eilte er sich, fortzukommen, einen seltsam schalen
Geschmack im Mund wie von Brot ohne Salz oder

Tee aus destilliertem Wasser. Jakob blieb eigenartig hungrig und durstig, vergaß aber alles, wenn er durch die in der feuchten Luft buntleuchtende Allee nach Hause ging.

Im 17. Jahrhundert war Europa in den Tee verliebt. Man konnte nicht genug von ihm bekommen. Der große Kurfürst berief Cornelius Decker von der Universität Amsterdam über Hamburg zu sich nach Brandenburg. Ein junges Genie, dieser Arzt, der sich Bontekoe nach der Kuh auf dem väterlichen Hof nannte. Er glaubte an die Wunderkräfte des Tees, wie ein Liebhaber an die Geliebte glaubt. Er machte aus einem ständig leicht betrunkenen Volk, das Biersuppe zum Frühstück, Bier und Wein zu Mittag, Wein und Schnaps zur Vesper zu sich nahm, ein Volk der Teetrinker. ›Der Tee‹, beschwor Bontekoe den protestantischen, allmählich nüchtern werdenden Hof, ›der Tee kann einen Menschen, der bereits mit einem Fuß im Grabe ist, zurück ins Leben holen. Und außerdem‹, fügte er mit einem niederländisch breiten Lächeln hinzu, ›stärkt der Tee auch für den Venushandel.‹ Bontekoe trank zwischen fünfzig und zweihundert Tassen am Tag. Am 16. Januar 1685 lag festgetretener Schnee auf den Treppen des Berliner Schlosses. Bontekoe, eilig, weil er die Nacht nicht zu Hause verbracht hatte, nahm die Stufen in großen Sätzen. Er fühlte sich beschwingt von der Nacht, von seiner eigenen Kraft, vom Tee, den er mit der Geliebten getrunken hatte, und von der Freude über den sonnigen, klirrend klaren Januarmorgen. Zwei, drei Stufen vor der Terrasse stürzte er. Stürzte heftig, fiel stürzend weiter und war schon tot, als sein Körper am Fuß der Treppe zur Ruhe kam.

Es war ein seltsamer Spätherbst und die Heimatstadt wie unter einem ständigen Föhn, den es doch so fern von den Bergen kaum geben konnte. Marietta und Hermann hatten sich über die Tage ein wenig an das Wetter gewöhnt, aber eine unangenehme Leichtigkeit im Kopf blieb. Jakob hörte mit halbem Ohr zu, wenn seine Frau, sein Freund darüber sprachen, sein Mitgefühl blieb oberflächlich. Er machte sich keine Gedanken darüber – er sah sie zwar scharf, aber klein, wie durch das falsche Ende eines Fernglases betrachtet.

Eines Morgens saß Jakob mit Marietta und seiner Tochter am Frühstückstisch, was immer seltener vorkam, aber es war kein Arbeitstag. Das Telefon klingelte, und Jakob ging, das Gespräch anzunehmen. Als es beendet war – der Lagerverwalter hatte um eine Auskunft gebeten – und Jakob den Hörer aufgelegt und sich schon wieder halb abgewandt hatte, hielt er plötzlich inne. Das Telefon. Es war ein anderes Telefon. Er fragte Marietta: »Sag mal, wo hast du das Telefon her?«

»Gefällt es dir nicht?« fragte Marietta zurück. »Ich dachte, du freust dich.«

»Doch, doch«, sagte Jakob, »es gefällt mir. Ich mag diese Telefone aus den Sechzigern. Als ich klein war, hatte mein Vater so eins im Büro. Aber du wolltest doch nie ein altes.«

»Ach, ich hab's gesehen und einfach gekauft. Sie werden wieder Mode. Und die neuen sind so leicht, daß sie ständig hinunterfallen.«

»Aber gestern … als ich gestern telefoniert habe, war es doch noch nicht da.«

»Doch, doch«, antwortete Marietta, »ich hab's schon länger angeschlossen.«

Jakob schwieg. Aber er konnte sich genau daran erinnern, gestern noch mit dem modernen Telefon gesprochen zu haben; er hatte die Wahlwiederholungstaste benutzt. Eigenartig. Aber wie dem auch sein mochte – das sanfte, schwere Schleifen der Wählscheibe und das satte Klacken des Hörers auf der Gabel gefielen ihm so gut, daß er noch eine Weile dastand und mit dem Gerät spielte. Kühl, schwarz und glatt. Schön.

Die Tage vergingen, der Herbst schien zunächst kein Ende zu nehmen. Das war das erste, was ihm auffiel. Natürlich liebte er den Herbst, aber die Tage waren gleichförmig und machten sich nicht einmal mehr die Mühe, sich voneinander zu unterscheiden. In diesem immer gleichförmigeren Vergehen der Tage ineinander verblaßte ihre Schönheit für Jakob allmählich.

Als Kind hatte er manchmal halb ängstlich, halb fasziniert mit der Vorstellung gespielt, alles um ihn herum sei nur Bühne. Eltern, Bruder, Freunde und Passanten seien nur Schauspieler, die vielleicht in dem Augenblick aufhörten zu spielen, wenn er sich umdrehte. So ähnlich fühlte er sich jetzt auch. Aber während damals alles perfekt gewesen war und er keinen Fehler entdecken konnte, der seinen Verdacht bestätigte, schienen jetzt alle Menschen um ihn herum im Leerlauf, erfanden angestrengt Dialoge, während sie auf die Regieanweisung oder die Souffleuse warteten. Dieser Herbst war wie

Vanille – zuviel davon macht die Speisen schal und überschwer.

Er mochte nicht mehr im Laden stehen. Die Gerüche widerten ihn plötzlich an. Sie schienen nicht mehr echt zu sein.

In diese Stimmung kam eines Tages Luise zu Besuch.

»Ich kenne das«, behauptete sie, »du bist verliebt.«

Jakob lächelte. »Das wüßte ich. Aber wie ist das mit dir – immer noch Hermann?«

Luise starrte vor sich hin. »Ja. Aber er verändert sich immer mehr. Wir haben uns ein paarmal gesehen, und jedesmal war es komischer. Du kennst doch diese amerikanischen Gangsterfilme aus den Dreißigern? Offensichtlich findet er es komisch, sich immer mehr wie ein Verbrecher zu geben. Er trägt unmögliche Nadelstreifenanzüge. Außerdem bilde ich mir ein, daß sich sein Gesicht auch verändert. Er hat ein richtig brutales Kinn gekriegt. Sieht aus wie eine Mischung aus Marlon Brando und Humphrey Bogart.«

»Aber du veränderst dich auch«, sagte Jakob. »Paßt du dich an? Mit dieser Baskenmütze siehst du aus wie eine französische Résistancekämpferin. Fehlt noch die kurze Lederjacke.«

Luise lächelte leicht verstört. »Du wirst es nicht für möglich halten – ich habe mir heute eine gekauft. Ich weiß auch nicht, warum.«

»Wegen Hermann!« meinte Jakob grinsend. »Wenn er in den vierziger Jahren angekommen ist, bist du schon da und wartest auf ihn.«

Luise schüttelte zögernd den Kopf. »Ich finde es allmählich nicht mehr komisch. Ich will das eigentlich alles nicht machen. Ich hab es immer furchtbar albern gefunden, sich im Stil einer anderen Zeit zu kleiden. Vorbei ist vorbei. Aber seit ein paar Wochen mach ich so was ständig. Ich kaufe mir eine Baskenmütze, ich tausche mein Rennrad gegen ein schrecklich kitschiges schwarzes, das unglaublich schwer ist. Ich laufe Hermann immer noch nach, und die ganze Zeit hab ich das Gefühl, daß ich das gar nicht bin. Ein komischer Herbst.«

»Stimmt schon«, bestätigte Jakob, »mir geht's manchmal genauso.«

Luise sah ihn scharf an. Schließlich schüttelte sie den Kopf. »Dir nicht. Du bist immer noch du. Der alte Jakob. Du brauchst dich gar nicht zu verändern – du warst immer schon altmodisch. Wenn ich nur an dein Fahrrad denke – schwer wie ein Auto.«

Er lächelte. »He, sieh mal«, sagte er dann erstaunt und wies nach draußen. »Der Herbst ist vorbei. Es schneit!«

»Endlich!« sagte Luise. »Vielleicht wird jetzt alles wieder normal.«

Im Jahre 1350 verbot der Shôgun der japanischen Kriegerkaste der Zen-Klöster das Teetrinken, weil es das Augenlicht schädige.

Mit dem Schnee waren Mariettas Kopfschmerzen endgültig verflogen. Aber das war das einzige, was sich normalisierte. Denn seit den ersten Schneeflokken an diesem Freitag im späten November hörte es nicht mehr auf zu schneien. Zunächst hatte es leicht und grieselig in dicken, nassen Flocken geschneit, aber bald war es kälter geworden und der Schnee kam in ordentlichen knisternden Kristallen. Und er hörte nicht mehr auf. Die Räumfahrzeuge waren Tag und Nacht unterwegs, aber in der zweiten Woche brach der Verkehr endgültig zusammen. Nur noch die Hauptverkehrsstraßen wurden ununterbrochen geräumt, wobei der Salz- und Splittvorrat der Stadt beängstigend rasch zusammenschmolz. An den Rändern der Straßen türmten sich die Wälle bis zu vier Meter hoch; die Gassen auf den Gehsteigen wurden immer schmaler. Die Stadt wurde immer stiller. Die Nebenstraßen wuchsen jeden Tag um ein paar Zentimeter in die Höhe; bald konnte man den Menschen im Parterre bequem in die Fenster sehen.

Jakob gefiel das. Einen Winter wie diesen hatte er das letzte Mal in seiner Kindheit auf dem Dorf erlebt, und da war er ihm vielleicht auch nur so vorgekommen. Hüfthoher Schnee ist ein relativer Begriff.

Er mochte diese leichte Katastrophenstimmung, denn er fühlte sich dem Winter gewachsen. Er war nicht der einzige. Nachdem Autos nicht mehr bewegt werden konnten, außer vielleicht auf den

Hauptstraßen, tauchten plötzlich aus allen möglichen Reitställen der Umgebung Pferde auf. Jakob staunte. Die Stadt hatte ihr Gesicht völlig verändert. So, dachte Jakob, sehen russische Städte aus. An einem dieser Morgen sagte seine Tochter begeistert:

»Papa, das ist wie im Märchen.« Als er durch die weiße Stadt ging, spürte er wieder den Hunger, wie er dieses Gefühl nannte. Es war wie das Gefühl, das man manchmal mit Essen, manchmal mit Kaffee oder mit einem Glas Wein zu überbrücken sucht, weil man die richtige Entsprechung nicht finden kann. Nur wurde es immer stärker und es begann ihn immer häufiger zu quälen, je schöner die Welt um ihn wurde. Es war, als fehle überall das Salz. Und Jakob war kein Hungerkünstler, der fastete, weil er nicht die Speise fand, die ihm schmeckte. Er suchte.

Als er an diesem Tag in seinem Laden stand, ekelte ihn das Teeverkaufen mit einer plötzlichen Heftigkeit, die ihm die Kehle zuschnürte. Aber da ging die Glocke über der Tür und als er aufsah, stolperte sein Herz. Er kannte das noch von früher mit Marietta, aber diesmal war es noch einmal ganz anders. Denn da stand eine junge Frau in seinem Laden, nein, ein Mädchen noch, in hohen Winterstiefeln und einer Pelzjacke. Das Gesicht kannte er, so hohe Wangenknochen, angeschrägte Augen, das kannte er, wer war das? Er dachte an das unscharfe Zeitungsbild von der Portugiesin.

»Haben Sie Teeziegel?«

Eine Stimme wie Wind im ersten Grün eines Weizenfeldes. Eine kleine Traurigkeit darin. Und eine Kleinigkeit Vertrauen in Jakob. Obwohl sie ihn nicht kannte.

»Teeziegel.« Jakob sagte das Wort, ohne es zu verstehen. Eine Russin wohl.

»Ja, Teeziegel!« Das Mädchen sah ihn an. Ernst. Die Augen wie von jemandem, der gewohnt ist, über Ebenen zu sehen.

»O ja. Teeziegel. Natürlich. Ich habe Teeziegel. Chinesische, russische oder tibetanische?«

Das Mädchen staunte. Dann lachte es. »Sie haben wirklich Teeziegel? Ich war in jedem Teegeschäft im Umkreis von fünfzig Werst und nirgends gab es Teeziegel.«

Sie sagt wirklich Werst, dachte Jakob hingerissen. »Ich habe jeden Tee«, sagte er einfach und legte die drei graugrünen Ziegel vor sie hin.

»Du bist ein eigenartiger Mensch«, sagte das Mädchen, ohne gleich auf die Ziegel zu sehen. »Du hast Teeziegel in einem Land wie deinem.« Sie hatte rasch zum Du gewechselt.

Jakob schoß das Blut in die Wangen. »Sind Sie ... Russin?« fragte er zögernd, um ein persönliches Gespräch anzuspinnen.

»Torgutmongolin«, lachte sie. »Nimmst du dieses Geld?« fragte sie und hielt ihm eine dünne Silbermünze hin.

Jakob nahm sie und drehte sie in den Fingern hin und her. »Das ist zuviel«, sagte er dann und reichte sie zurück.

»Behalte das Geld,« sagte sie, »für das nächste Mal«, und schaukelte in ihren hohen Reitstiefeln aus dem Laden.

»Es reicht noch für zehn Mal«, rief Jakob ihr nach.

»Dann komme ich noch zehn Mal!« rief sie zurück und ließ die Tür ins Schloß fallen. Die Glocke beruhigte sich lange nicht. Wie Jakobs Herz.

Was geschieht mit mir? fragte er sich später ein wenig beunruhigt. Er wußte genau, daß er dieses Gesicht schon gesehen hatte, daß er das Mädchen kannte. Woher? In irgendeiner Weise verband er sie mit seiner Kindheit. Aber da war sie noch nicht einmal geboren. Woher kannte er dieses Mädchen? Jakob hatte auf einmal das Gefühl, daß irgend etwas in seiner Welt grundlegend falsch war. Aber trotzdem: dieses Mädchen war so, daß er sich auf Anhieb verliebt hatte, und das war ihm, soweit er sich erinnern konnte, noch nie wirklich so geschehen. Mit Ausnahme der Portugiesin natürlich. Und natürlich war da etwas an der Mongolin, das zur Portugiesin gehörte. Von dieser Mongolin konnte man sich gut vorstellen, daß sie einen Wolf zähmte und selber nur mühsam gezähmt war. Das Fremde war in ihr und der Portugiesin gleichermaßen. Jakob stand im Laden, in den Händen die Silbermünze und den Teeziegel und sah die seltsamen Dinge starr an. Auf einmal stürzte Erkennen über ihn herab wie kaltes Wasser. Im Herbst, an dem Tag, als er versucht hatte, den Hamburger Tee nachzumischen, hatte er in seiner Welt die Weichen anders gestellt. Das hier war keine Stadt, in die er zufällig hineingestellt war und in der er zufällige Erlebnisse hatte. Er fühlte – das erste Mal seit langer Zeit – Angst, die aus dem Magen hochkroch und den Mund von innen kalt trockenblies. Die Welt in einer Tasse Tee …

Aber auf der anderen Seite – die Silbermünze an den Rändern abgegriffen und der Teeziegel schwer und staubig in der Hand. War es nicht gleichgültig, welche Wirklichkeit wirklich war, solange man sie anfassen konnte? Er hatte sich früher so oft übermäßig fremd gefühlt, daß es gut war, sich ganz und gar vertraut mit seinem Leben zu fühlen. Und die Torgutmongolin? War sie nicht das, wonach er gehungert hatte? Seit er die Portugiesin in Hamburg gesehen hatte, war ihm nichts so nahe gekommen wie dieses klare Gesicht aus dem Grasland. Sie war viel mehr als die Gräfin. Das, was er in der Gräfin gefunden hatte, war bei diesem Reitermädchen leicht und rein. Es war ihm gleichgültig, in was für einer Welt er sich bewegte, solange er sie noch einmal sehen konnte und herausgefunden hatte, was sie für ihn war. Er zwang sich, an sie zu denken, und ließ sich von der Intensität des Gefühls ausfüllen wie ein Gefäß, in dem nichts anderes Platz hatte.

Auf dem Nachhauseweg. Es hatte aufgehört zu schneien. In der frühen Dämmerung war der Himmel von ausnehmender Klarheit und es wurde kalt. Jakob meinte zu hören, wie die Oberfläche des Schnees gefror. Überall knisterte es leise in der Stadt, in der sich durch die unglaublichen Mengen an Schnee alles klein anhörte. Jakob dachte an die Torgutmongolin. Er konnte sich nicht an ihr Gesicht erinnern. Das konnte er nie. Wenn andere sich das Gesicht einer Frau vorstellten, hielt er sie in Namen fest. Er wußte nicht, wie sie hieß. Wie sollte sie heißen? Er suchte nach einem Namen, der ihr Wesen zusammenfaßte.

Unissna.

Woher kam das? Er hatte es gelesen. Eines der wenigen mongolischen Wörter, die er aus einem Buch hatte. Was hieß Unissna? Er konnte sich daran nicht mehr erinnern, aber Unissna war das richtige Wort für die Torgutmongolin.

»Woran denkst du?« fragte Marietta in die Dunkelheit. Ihre Altstimme klang melancholisch, und ihr Haar lag glatt an wie ein Helm. Manchmal fragte sich Jakob, wie sie früher ausgesehen hatte. Dann flackerte die Angst vom Nachmittag in ihm in kleinen Flammen auf. Er konnte sich nicht erinnern, und alle Fotos, die er einmal herausgesucht hatte, waren körnig schwarzweiß.

Er schwieg noch drei Atemzüge, dann sagte er:

»Ich denke an Wörter«, sagte er. »Wenn du lange genug über ein Wort nachdenkst, wird es fremd. Ich denke an ›Lügen‹. Was für ein seltsames Wort. Wenn du es oft genug sagst, heißt es nichts mehr.«

Marietta lag mit geschlossenen Augen und spürte Jakobs Wärme durch ihr Haar in ihren Kopf sickern. Sie bewegte sich nicht, als Jakob flüsternd über das Wort ›Lügen‹ nachdachte und ein kühler Luftstoß ihre Haut traf.

»Man kann es oft genug sagen«, sagte sie vorsichtig, »aber Lügen ist immer Lügen.«

Jakob schien nicht zugehört zu haben. »Ist es nicht seltsam«, flüsterte er eindringlich, »daß ›Lügen‹ nur *ein* Wort ist, daß aber das Gegenteil drei Wörter braucht: ›die Wahrheit sagen‹?«

»Das ist so«, sagte Marietta gegen die Kühle, »weil es schwieriger ist, die Wahrheit zu sagen.«

»Vielleicht«, sagte Jakob kaum hörbar, »vielleicht.«

Gleichmäßig floß die Wärme von Jakob durch Mariettas Haar in ihren Kopf, so daß sie hätte einschlafen können. Jakob flüsterte Wörter und die Luft wurde manchmal kühl, manchmal sehr warm. Marietta lag neben ihm. Er wünschte, sie schliefe, damit er mit sich allein sei, aber sie atmete wie eine Wache, obwohl sie nicht sprach. Endlich sagte sie:

»Jakob, ich habe Angst.«

»Mußt du nicht«, versuchte er sie zu beruhigen, abwesend.

Zornig richtete sie sich halb auf. Ihr Gesicht schien weiß über ihm. »Doch!« zischte sie wütend. »Ich muß. Ich habe Angst, weil alles anders ist. Irgend etwas läuft völlig falsch und alle wissen es außer dir. Alle verändern sich – außer dir. Alle haben Angst, alle merken, daß die Welt immer fremder wird – außer dir. Was ist los mit dir? Schau mich an!« rief Marietta. »Schau meine Haare an! Das sind nicht meine Haare. Das sind – oh, ich weiß nicht – fremde Haare. Die Farbe stimmt nicht. Hermann war heute hier«, sagte sie etwas ruhiger, fast resigniert. »Er sieht aus wie ein italienischer Mafioso. Weißt du, was er bei sich hatte?«

Jakob zuckte die Schultern. Im Dunkeln des Schlafzimmers war das kaum zu sehen. »Ich weiß nicht«, sagte er dann.

»Eine Pistole«, sagte Marietta, »er hatte eine Pistole. Hermann. Er hat gesagt, daß er keine Ahnung hat, wie er dazu kommt. Er trägt grauenhafte Nadelstreifenanzüge. Und gestern hab ich Luise gesehen. Sie sieht aus, wie sich Klein-Lottchen eine

Revolutionärin vorstellt. Baskenmütze, enger Rolli und so. Und dann die Computer. Hast du gemerkt, daß niemand mehr einen Computer hat?«

Jakob lachte. »Du spinnst, Prinzessin«, sagte er.

Marietta ohrfeigte ihn plötzlich und hart. »Nenn mich nicht Prinzessin!« schrie sie. »Ich bin nicht deine Prinzessin und auch nicht deine Lydia. Ich bin Marietta und du nennst mich so. Wo bist du, Jakob, wo bist du? Schau mich an!«

Jakob sah sie an, aber mit flachen Augen, und ihr Bild blieb in den Maschen seiner Netzhaut hängen.

»Du bist so wie immer«, sagte er wider besseres Wissen, »nur überdreht.«

Sie schwieg, sah ihn an, schwieg. »Du willst es nicht sehen«, sagte sie dann müde, »und ich hab allmählich keine Kraft mehr. Alle Menschen um dich herum haben keine Kraft mehr.« Sie rannte aus dem Zimmer und knallte die Türe hinter sich zu.

Jakob lag im Bett. Schlaflos. Ein wenig unbehaglich. Dabei hatte er doch nichts getan.

Noch nicht, berichtigte ein kleiner Teil in ihm mit entfernter Stimme.

Alle anderen Stimmen waren zu leise, um ihn zu erreichen, und er schlief ein.

Viel später kehrte Marietta ins Bett zurück.

»Lydia?« murmelte Jakob im Schlaf.

»Ja«, sagte Marietta tonlos.

Im Jahr 1864 erforschte die junge Engländerin Alice Liddell ein südenglisches Höhlensystem, das sich in eine weitgehend unberührte Landschaft öffnet. Die wenigen Siedlungen, die sie im Laufe ihrer Expedition aufsuchte, waren von britischer Exzentrik geprägt. Obwohl auch der preußische Kurfürst seine Windhunde am Tisch sitzen und für sie aufdecken ließ, übertraf doch die Teegesellschaft, an der Miß Liddell an diesem Sommernachmittag teilnahm, selbst ihn. Ein Mann namens Hatter richtete den Tieren seiner Umgebung, darunter Hasen und Siebenschläfern, regelmäßig einen Five o'clock tea in seinem Garten aus. Miß Liddell wurde ebenfalls eingeladen, ihr Unwohlsein steigerte sich jedoch zur Furcht, als sie aufgefordert wurde, sich Wein zu nehmen, in den Tassen aber nach wie vor Tee war und die Gäste regelmäßig um einen Platz weiterrücken mußten, damit der Gastgeber stets ein sauberes Gedeck vor sich hatte. Die Unterhaltung war so bizarr, als wäre Laudanum im Tee. Verstört und überstürzt verließ sie die Gesellschaft nach einiger Zeit. Ihr Bericht erregte im England des 19. Jahrhunderts unerwartet großes Aufsehen.

Das Lokal war völlig unmöglich. Das heißt, für den nüchternen Beginn dieses Jahrhunderts war es völlig unmöglich. In dem Lokal trugen Frauen allen Ernstes Stirnbänder und rauchten aus langen Spitzen Zigaretten. Es gab eine Tür mit einer Klappe darin. Dahinter ein Gangster. Es gab kein anderes Wort für diesen Mann. Jakob genoß es, die anderen zu führen, das angenehme Gefühl, sich hier auszukennen. Er dirigierte die anderen an die Tische und rief die Kellner.

»Die trinken hier Schnaps aus Teetassen!« sagte Luise überrascht.

Der Lärm war ohrenbetäubend. Eine Flasche und vier Tassen erschienen unaufgefordert. Hermann spielte mit der Tasse. Jakob betrachtete interessiert seine Hände – in diesem Licht sahen sie fleischig und grob aus. Der Ring war neu, massig und golden. Als der Kellner Hermann eingoß, blickte er auf und sah ihm ins Gesicht. Die Flasche klirrte an den Tassenrand. »Don Armando! Padre Padrone«, murmelte er und beugte sich hastig über Hermanns Hand. Jakob sah belustigt, daß er tatsächlich den Ring küßte.

Er eilte davon. Jakob amüsierte sich. »Don Armando!« sagte er grinsend. »Hast du Karriere gemacht, Hermann?«

Hermann sah gequält auf seine Hände. »Es passiert immer öfter«, sagte er gepreßt, »ich kann nichts dagegen tun.«

Der Kellner kam zurück und schenkte eilfertig ein. Als er fertig war, klopfte Hermann ihm anerkennend auf die Wangen.

Marietta beugte sich zu Luise vor. »Siehst du die Tänzerinnen? Hast du gesehen, daß die alle gleich sind?«

Tatsächlich sahen die Tänzerinnen, wenig mehr als seidenbestrumpfte Beine und gemalte Münder, sich ähnlich wie Zwillinge.

Luise nickte. »Stimmt, Lydia«, sagte sie und zuckte mit den Achseln, »aber das machen alle, oder? Ich meine, das ist wie eine Mode – plötzlich stehen alle auf die siebziger und so.«

»Ja, aber ...« Marietta hielt plötzlich inne und starrte Luise an. »Hast du mich gerade Lydia genannt?«

Die beiden Frauen sahen sich an. In diesem Augenblick tauchte neben ihrem Tisch eine hohe Gestalt auf.

»Jakob?« Eine Stimme wie flüssiger Rauch.

Er sah auf.

»Ich muß mit dir sprechen.«

»Ach so ist das«, sagte Marietta kühl und sah abwechselnd die Gräfin und Jakob an. »So ist das also. Was für eine hübsche Idee von dir, in dieses ... Lokal zu kommen, wo du deine Flittchen aufbewahrst.«

Die Gräfin sah Marietta an und lächelte leicht.

»Ich gehe jetzt«, sagte Marietta und stand auf. »Kommst du mit, Luise?«

In diesem Augenblick flog der Raum in plötzlichem, ohrenbetäubendem Lärm auseinander. Es dauerte einige Augenblicke, bis Jakob registrierte, was geschehen war. Auf der kleinen Treppe am Eingang waren zwei grobschlächtige Männer aufgetaucht, die aus Maschinenpistolen wild in den Saal feuerten. Jakob warf sich auf den Boden und riß Marietta mit sich. Die Erregung flutete durch seinen Körper und er holte tief Luft. Was für eine Szene! Die Gräfin kippte den Tisch und ging ebenfalls in Deckung. Jakob sah zu, wie Luise und Hermann sich von den Stühlen warfen. Er bestand nur aus atemloser Spannung. Die ganze Zeit hatte er unterschwellig diese Bedrohung empfunden und nicht gewußt, ob er Angst haben oder sich freuen sollte. Glas splitterte spritzend, Tische flogen und die Gäste schrien ununterbrochen. Obwohl er wie die anderen flach auf dem Boden lag, badete er in dem irrwitzigen Lärm. Dieser äußerste Kitzel war echt! Hier konnte man sterben. Er bildete sich seine Welt nicht nur ein! Irgendwo schrie jemand entsetzt auf, als ihn ein Schuß traf. Jakob mußte sich zurückhalten, um diesen Schrei nicht tief und befriedigt einzuatmen. Er fühlte Mariettas Zittern und sah, wie Luise sich die Ohren zuhielt und unverständlich schrie. Nur die Gräfin schien wie immer unberührt. Und obwohl er diese rein physische Gefahr zitternd genoß, stand er plötzlich auf, schien aus dem Blickwinkel der anderen ins Riesenhafte zu wachsen. »Armando!« schrie er lachend. »Schau her!« Er pfiff auf den Fingern. Andere Männer tauchten hinter der Theke auf und schossen auf seinen Wink zurück. Wieder flog der Raum in wahnsinnigem Lärm auseinander, aber Jakob stand in dem Inferno und dirigierte die Waffen wie ein Orchester; hoch aufragend, unverletzlich. Plötzlich hörte der Lärm unvermittelt auf und die Männer an der Tür verschwanden.

»Wir müssen weg hier«, sagte Hermann dann, plötzlich zittrig und ungläubig. »So was hab ich noch nie erlebt.«

»Gut, daß der Schnee noch liegt«, sagte Jakob in hastigem Gedankensprung, stolz und noch hocherregt. »Die Polizei braucht ewig, bis sie hier ist. Wir gehen zu uns.«

Im großen Sturm 1694 lief ein Hamburger Schiff auf einem Sandriff vor der Küste Ostfrieslands auf. Die Männer aus Baltrum, Langeoog und aus Westeraccumersiel standen schweigend am Strand. Der

Wind hätte ihnen die Worte vom Munde gerissen, aber sie wußten ohnhin, was die anderen dachten. Nach dem Bergerecht stand den Fischern ein Teil der Fracht zu, wenn sie dabei halfen, die Ladung in Not zu löschen. Wenn aber die Mannschaft des Schiffes nicht überlebt hatte und das Schiff herrenlos war, stand ihnen die gesamte Ladung zu. Hamburg war reich. Die ostfriesischen Fischer waren bitter arm. 1694 war kein gutes Jahr gewesen und der langanhaltende Sturm hatte sie schon um mehr als eine Woche Fang gebracht. Sie bemannten drei Kutter. Schweigend. Das Handbeil zur Bootsreparatur, das sonst an Land blieb, ging diesmal mit. Die Hamburger sind reich, dachte man wohl im Takt der eintauchenden Riemen, um nichts anderes denken zu müssen. Die Kutter wurden von der Brandung wild hin- und hergeworfen. Es ging nicht ohne Schrammen ab, das Hamburger Kauffahrteischiff zu entern. Man weiß nicht, was unter Deck geschah. Der Sturm toste zu laut. Als die Kutter vollbeladen zurück an den Strand gelaufen waren, schlug man mit den Handbeilen hastig die Kisten auf. Eine war darunter, in der fand man getrocknetes Gemüse, ähnlich gedörrtem Lauch. In der Netzhütte kochte man einen Kessel davon mit dem Speck, den man in der Kombüse gefunden hatte, zu einer heißen Suppe auf. Das war der erste Tee, der in Ostfriesland je getrunken wurde.

In Jakobs Haus saßen sie zusammen im Wohnzimmer. Jakob und Marietta hatten Tee gekocht. Die Aufregung sank in sich zusammen wie heiße Asche nach einem schnellen Feuer.

Sie hatten sich Tee gemacht, echten diesmal, und saßen schweigend zusammen. Er schmeckte nach nichts, fand Jakob. Dann gingen Hermann und Luise, noch immer in fassungslosem Schock. Die Gräfin, Marietta und Jakob saßen plötzlich allein im Zimmer.

Stille.

Jakob betrachtete die beiden Frauen. Er schwamm noch immer auf dem heimlichen Hochgefühl des Überfalls. Was für ein Leben! Er saß in der Mitte und ließ die Frauen sich unterhalten, ohne sich zu rühren, das Zuhören war eigenartig lustvoll.

Marietta eröffnete irgendwann die Auseinandersetzung mit der Gräfin, die trotz ihres hellen Haares dunkel wie eine Borgia dasaß und sich in ihre Erotik wie in ein Cape hüllte. Marietta fragte mit harter Stimme: »Und warum sind Sie noch hier? Ich meine, Sie sind im Haus seiner Frau. Ist Ihnen das nicht irgendwie peinlich?«

Die Gräfin lächelte nicht einmal, als sie sagte: »Ich kann es mir nicht aussuchen. Ich liebe Ihren Mann nicht. Aber ich liebe die Luft auch nicht und ich muß trotzdem atmen.«

»Ach ja? Wie schön Sie das gesagt haben!« schlug Marietta hitzig zu. »Wie dramatisch!«

Aber dann sah sie, daß sie die Gräfin nicht berührte. Und sie sah, wie die Augen der Gräfin an Jakob hingen.

Jakob ließ sich nicht berühren. Er schwieg und hielt die Spannung aufrecht. Es war, wie wenn man einem Wettrennen von schönen Pferden zusieht, leidenschaftlich, aber selbst nie außer Atem.

Schweigen.

»Sie sind sehr schön«, sagte Marietta nach einer Weile leise.

Die Gräfin sah sie überrascht an. »Sie sagen das?«

»Ich meine, es ist so ein verrückter Abend und alles geht immer mehr aus den Fugen. Ich weiß schon überhaupt nicht mehr, ob ich völlig verrückt bin, weil ich sage, daß die ganze Welt sich um uns ändert. Daß ich mich ändere, ohne es zu wollen. Daß ich geändert werde. Und Sie ... entschuldigen Sie, wenn ich das sage, aber Sie sind viel zu schön, um echt zu sein. Wenn ich ein Mann wäre, dann wären Sie das Bild, das in meinem Kopf auftaucht, wenn ich ›Sex‹ denke. Sie sind ... wie heißen Sie eigentlich?«

Die Gräfin zuckte die Schultern. »Egal.«

»Sie bräuchten einen androgynen Namen,« sagte Marietta dann, »so was wie Jo. Ich nenne Sie Jo, ja?« Marietta sah sie fasziniert an. »Sie sind schön, Jo«, sagte sie, »woher kommen Sie?«

Die Gräfin zuckte die Schultern. »Gleichgültig«, sagte sie in ruhiger Resignation, »wo ich vorher war, ist gleichgültig. Sie verstehen das vielleicht nicht«, sagte sie dann, »aber Jakob ist mein Schicksal. Ich kann's nicht anders sagen. Er ist einfach mein Schicksal. Und für mich ist er eine Katastrophe.«

Noch immer ließ sich Jakob nicht anmerken, daß über ihn gesprochen wurde. Er stand über dem Gespräch und dachte, daß sich so eine Bienenkönigin fühlen müßte: als Mittelpunkt, als einziger Zweck der Existenz des ganzen Stocks. Seine Augen flogen zwischen den beiden hin und her.

»Nicht nur für Sie«, sagte Marietta in einem Anflug ihrer früheren Ironie, »lieben Sie ihn wirklich nicht?«

»Natürlich«, sagte die Gräfin ruhig, während ihre überschlanken weißen Finger leise vibrierten, »ich bestehe nur aus Liebe zu ihm. Und aus Haß«, setzte sie dann hinzu, »weil er mich nicht so liebt. Er läßt sich nur lieben.«

Hier zuckte es einen Augenblick in Jakob. Er wollte sagen, das sei nicht wahr, aber er wußte, daß es eben doch so war. So schwieg er weiter, fast hoheitsvoll, ohne daß man ihn für diese Arroganz zur Rechenschaft zog. Er konnte alles tun! Die Frauen sahen sich an.

»Es ist spät«, sagte Marietta schließlich, »ich bin todmüde. Wir können morgen weiterreden.«

Die Gräfin machte keine Anstalten aufzustehen. Jakob sah, wie Marietta einen Augenblick schwankte und ihr Gesicht einen kurzen Widerstreit spiegelte, dann sagte sie zu der Gräfin gewandt:

»Sie können ja hierbleiben, wenn Sie wollen.«

Die Gräfin nickte. »Danke«, sagte sie gelassen.

Nachts wachte Marietta irgendwann auf. Das Mondlicht auf dem Schnee gab dem Raum ein dämmrig kaltes Licht. Sie drehte sich um und sah die Gräfin nackt in einem Korbsessel nahe dem Bett sitzen. Ihr Körper war wie gegossen und schimmerte weiß.

»Was machen Sie?« flüsterte Marietta halb erschreckt, halb wütend.

»Wie vertraut ihr liegt«, flüsterte die Gräfin. Ein Flüstern wie der kaum sichtbare bläuliche Dunst über einem ausgehenden Kohlenfeuer. »So habe ich ihn noch nie gesehen.«

»Früher«, flüsterte Marietta nach einer langen Weile, die in der Nacht nicht lastend schien, »hat er mir seine Hand unter die Hüfte gelegt. Früher haben wir immer so geschlafen.«

»Das hat er vorhin auch«, flüsterte die Gräfin leise heiser zurück.

»Du lügst«, flüsterte Marietta, »aber danke dafür. Ist dir kalt?«

»Mir ist immer kalt«, flüsterte die Gräfin tonlos. Der Dunst war nahezu durchsichtig.

Impulsiv schlug Marietta die Decke zurück. Ihr eigener Körper war dunkler und hob sich kaum ab.

Jakob erwachte zufrieden, als hätte er das vorausgeahnt, als sich eine kühle, schmale Hand auf seine Hüfte schob, eine vom Schlaf warme Hand auf seine Schultern.

Als sie viel später eingeschlafen waren, wachte er noch einmal auf, weil ihn ein Hunger, wie er ihn noch nie gefühlt hatte, mit Gewalt aus dem Schlaf riß. Jakob stand auf. In ihm wütete der Hunger wie eine gefangene Katze. Jakob taumelte in die Küche hinunter, riß den Kühlschrank auf und aß wie ein Rasender, was er nur zu fassen bekam. Es war, als würde er verhungern, und er aß wie ein Tier. Später war sein Magen voll, aber eine leise Gier war zurückgeblieben, als ob das richtige Gewürz, das richtige Salz, das richtige Mineral oder Vitamin nicht im Essen gewesen wäre. Irgendwann wurde ihm schlecht, aber er konnte sich nicht übergeben, und schließlich ließ die Übelkeit nach und er schlief erschöpft ein.

Am nächsten Tag war die Gräfin fort. Weder Jakob noch Marietta sahen sie wieder, und sie sprachen nicht wieder über sie. Es war, als sei sie aus aller Gedächtnis außer Jakobs gelöscht und nie dagewesen.

Von dem Tag an blieb Jakob hungrig, egal, was er aß, und er begann, immer öfter an die Mongolin zu denken.

Es war schwer, sich nach dieser Nacht wieder in der Stadt zurechtzufinden. Der Schnee lag nach wie vor, und auch, wenn es ihnen anders vorkam: Es war nur eine Nacht gewesen. Etwas anderes beunruhigte Jakob außerdem tief und immer mehr. Er merkte, daß er seinen Geruchs- und Geschmackssinn zu verlieren schien. Seit der Nacht, in der er die Tees gemischt hatte, um den einen, großen Geschmack herauszufinden, schmeckte er immer weniger. Er war immer stolz auf seine feinen Sinne gewesen, und es machte ihm Angst, daß er nur noch die allerstärksten Gerüche wahrnehmen konnte. Er stand in der Gewürzmühle, nahm sich aus dem Mahlkasten einer der Mühlen eine Handvoll Vanille und steckte seine Nase fast hinein. Er spürte die Wärme des Mahlguts, und eigentlich hätte der Duft ihn umwerfen müssen, aber er weckte nur eine vage Erinnerung daran, wie er einmal – es schien mehr als nur ein Jahr her zu sein – in der Mühle gestanden hatte und über den Duft von Vanille nachgedacht hatte. Auch Zimt oder Pfeffer – kaum, daß er sie schmecken konnte, wenn er sich mit dem Gewürzlöffel eine Prise auf die Zunge strich.

Das Schlimmste war aber, dachte er, als er die Mühle verließ und durch die noch immer verschneiten Straßen zu seinem Laden ging, daß er Tee nicht mehr schmecken konnte. Er konnte Tee nicht mehr schmecken. Er sagte das ein- oder zweimal vor sich hin und versuchte zu verstehen, was ihm das bedeutete. Tee war einmal Teil seines Lebens gewesen. Er wußte alles über Tee. Immer, wenn er Tee gerochen hatte, war es gewesen, als wären hinter dem Horizont der Sehnsüchte vor seinem inneren

Auge die rechten Träume aufgetaucht – wie Morgen-
oder Abendrot. Und jetzt konnte er Tee nicht mehr
schmecken.

Ein Wagen glitt auf dem festgefahrenen Schnee
an ihm vorüber. Ein schwarzer, schwerer Mercedes,
wie man sie jetzt wieder öfter sah. Auch bei den
Autos war das Design einer unbestimmten guten
alten Zeit wieder Mode geworden, und niemand
kümmerte sich mehr um Windschlüpfrigkeit. Eine
knarrende Hupe tönte, und der Wagen verlangsamte
schaukelnd. Ein Fenster klappte hoch und Hermanns gewaltiges Gesicht wurde sichtbar.

»Auf dem Weg ins Geschäft?«

Jakob nickte.

»Ich nehm dich mit.« Hermann winkte ihn her.

Jakob stieg ein.

»Tolles Auto«, sagte er bewundernd. »Sag mal,
mußt du nicht in die Klinik?«

»Ich habe aufgehört«, sagte Hermann stolz. »Das
hier«, er wies vage auf den Wagen und den schwei-
genden Fahrer, »bringt mehr ein.«

Jakob erkannte in dem Fahrer einen der Männer
aus der Schießerei in der Kneipe.

»Hermann«, fragte er vorsichtig, »was heißt ›das
hier‹?«

Hermann lachte dröhnend:

»Ich spiele den Don!« schrie er vergnügt. »Wußtest du, daß ich eine sizilianische Großmutter
habe?«

»Quatsch!« sagte Jakob belustigt. »Du bist min-
destens so deutsch wie ich.«

Hermann Lachen erlosch ganz plötzlich. Er
drehte sich zu ihm. Jakob war noch nie aufgefallen,

wie massig Hermanns Gesicht wirkte. Mit einem gefährlichen Unterton in der Stimme sagte er: »Sag so was nicht, Jakob. Sag so was nicht. Wir wollen doch Freunde bleiben, oder?«

Dann lachte er schon wieder und hieb ihm auf die Schulter: »Da sind wir. Soll ich noch auf einen Schluck mitkommen?«

Jakob stieg aus und winkte ab:

»Ein andermal, Hermann ... Don Armando!« verbesserte er sich scherzend.

Der Wagen glitt davon.

Nachdenklich betrat Jakob den Laden. Der Junge hatte schon aufgeräumt und zog sich hastig den Kittel an, als er seinen Chef kommen sah. Jakob sah ihm zerstreut dabei zu. »Du kannst dich wieder ausziehen«, sagte er dann aus einer Laune heraus. »Heute ist doch nichts los. Geh' nach Hause.«

Der Junge war hocherfreut. Der Kittel flog in die Ecke und er zauberte eine gewaltige Ballonmütze aus seinen Hosentaschen, die er sich auf das pomadisierte Haar klatschte: »Danke, Chef«, sagte er und war schon vor der Tür, wo er sich auf ein schweres schwarzes Damenfahrrad schwang.

Jakob hatte sich vorgestellt, den Tag mit Lesen zu verbringen, aber er konnte sich für kein Buch entscheiden, als er davor stand. Sie schienen ihm schal wie der Tee, den er sich aus Gewohnheit gemacht hatte.

Die Tür schwang auf.

»Hallo!« sagte die Torgutmongolin.

»Hallo«, sagte Jakob automatisch und sah erst dann, daß sie gekommen war.

»Sitzest du leicht und gut?« fragte sie ihn höflich, und er antwortete höflich und wunderte sich dabei, woher die Wörter kamen:

»Hattest du eine leichte und gute Reise? Sind deine Tiere gesund? Hast du nicht kalt?«

Die Mongolin antwortete nach den Regeln der Begrüßung, sie tauschten ihre silbernen Schnupftabakfläschchen, rochen höflich daran und dann sagte sie: »Du bist ein merkwürdiger Mensch, Teeverkäufer. Du redest mit mir wie ein Mongole und du verkaufst Teeziegel in einem Land wie deinem. Hast du noch Teeziegel?« fragte sie ihn gleich darauf zweifelnd.

»Ich habe noch Teeziegel«, sagte er mit klopfendem Herzen. Er schlug den Ziegel in Seidenpapier ein. »Wo wohnst du?« fragte er schließlich mutig.

Die Mongolin, schon auf dem Weg nach draußen, drehte sich nach ihm um. »Kannst du reiten?« fragte sie.

»Ich kann ein wenig reiten«, gab Jakob zu.

»Dann sollst du mit mir reiten«, sagte die Mongolin.

Vor dem Laden standen zwei Pferde; eines davon war als Handpferd mit einem Packsattel beladen.

»Reitest du immer in die Stadt?« fragte Jakob belustigt.

»Man hat Beine, um reiten zu können«, belehrte ihn die Mongolin. »Nimm das Pferd mit dem Sattel, denn ich bin leichter als du.«

Sie schwang sich auf das struppige Pferd vor den Packsattel, den sie ein wenig nach hinten geschoben hatte.

»Aufsitzen«, forderte sie ihn auf und lächelte.

Es kam Jakob nicht komisch vor, durch die Stadt zu reiten. Seine Heimatstadt hatte ohnehin in diesem Winter einen altertümlichen Charakter angenommen. Der Schnee hatte den neuen Häusern die modernen Konturen genommen. Außer auf den großen Straßen war kaum Verkehr möglich und die Menschen gingen in Pelze, Mäntel und Steppjacken gehüllt oder fuhren mit den schweren schwarzen Fahrrädern, die plötzlich überall Mode geworden waren. Kaum jemand sah sich nach Jakob und der Mongolin um, und wenn doch, grüßten sie ihn beiläufig.

Auf dem Weg am Fluß angekommen, ließ die Mongolin die Pferde in einen schnellen, harten Trab fallen, der sie rasch aus der Stadt auf die Felder im Osten trug.

Der Ritt dauerte lang. Die Mongolin sprach nicht viel, und Jakob hatte viel Zeit sie anzusehen.

Das war sie wohl.

Das Mädchen, das die Portugiesin vielleicht gewesen war, in ihrer südlichen Heimat. Die, von der er geträumt hatte, wenn er mit dreizehn, vierzehn Jahren in den Sommernächten wach gelegen war, leise, ach so leise, Musik gehört hatte und dabei aus dem offenen Fenster in die Stadt gelauscht hatte, ob er die Versprechen würde verstehen können, die ihm da zugeflüstert wurden. Wenn er dann eingeschlafen war, hatte er von der Portugiesin geträumt, wie sie als Mädchen war. Und wenn er aufwachte, blieb er oft liegen, den Tränen nah, und wollte den Traum zurückzwingen. Und hier – sie hatte alles von der Portugiesin, an die Jakob so oft dachte. An ihr stimmte alles, es fehlte nichts, bis auf das Meer vielleicht.

»Bolna«, lachte die Mongolin, »wir sind da.«

Jakob schrak aus seinen Gedanken. Eine helle Jurte, die sich vom Schnee kaum abhob, zeichnete sich nur leicht gegen den grauen Winterhimmel ab. Die Mongolin sprang ab und versorgte ihr Pferd. Jakob wunderte sich.

»Ihr wohnt … tatsächlich in einer Jurte?«

Die Mongolin lachte. »Natürlich. Wo sollen Mongolen sonst wohnen? In Steinhäusern? Wie nehmt ihr die mit, wenn ihr weiterziehen wollt?«

»Wir nehmen unsere Häuser nicht mit«, lächelte Jakob, »das weißt du doch.«

Die Mongolin lächelte auch. »Ich weiß. Aber ihr reist auch nicht.«

»Doch!« verteidigte sich Jakob. »Aber wir reisen ohne Haus.«

»Man soll nicht ohne Heimat reisen«, sagte die Mongolin ernst und schlug die Filztür der Hütte auf. »Komm herein.«

Die Jurte sah so aus, wie Jakob sie sich vorgestellt hatte. Ein von Steinen umrandeter Feuerplatz in der Mitte, eine Truhe, auf die Schaffelle gelegt waren, rechts und links Kissen und ein kleiner gußeiserner Topf an einer Kette über dem Feuer.

»Tee trinken!« rief die Mongolin fröhlich und warf den Mantel ab. Jakob saß, sah ihr zu und versank in ihren Bewegungen. Sie schob ihm den Mörser hin und warf ihm ein Stück Teeziegel in den Schoß. Jakob meinte in den Riefen der Oberfläche das japanische Schriftzeichen für das Wort *wabi* zu erkennen. *Wabi* ist das Sich-selbst-genug-Sein, das Reine, die große Stille im Herzen.

»Hier, du mußt den Tee stoßen. Aber nicht zu fein!«

Jakob stieß den Tee, aber viel zu fein, weil er von der Mongolin bezaubert war. Sie nahm ihm den Mörser fort und schimpfte lachend mit ihm, und da sehnte Jakob sich nach ihr und fragte: »Wie kommst du hierher? Mit Jurte und Pferden und allem?«

Der Tee war fertig. Die Mongolin goß ihn in die Schalen und tat ein Stück Butter darauf.

»Ich war schon immer da«, sagte sie dann, als sie den Tee tranken. Jakob bedauerte zutiefst, daß er fast nichts schmecken konnte, denn es war das erste Mal, daß er echten mongolischen Tee mit Butter trank.

»Das glaube ich nicht!« sagte er lachend. »Ich hätte dich längst sehen müssen. Hier war ich schon oft.«

»Jakob«, sagte das Mädchen, stellte die Teeschale weg und sah ihn an. Er konnte sehen, wie er sich in ihren Augen widerspiegelte. »Ich war schon immer da.«

Er wunderte sich kaum noch. »Kennen wir uns denn?« fragte er. »Du weißt, wie ich heiße.«

Die Mongolin lachte. »Natürlich«, sagte sie vergnügt.

»Wie heißt du?« fragte Jakob. Sein Herz schlug leicht und doppelt und wie es wollte, weil er so aufgeregt war.

Sie zuckte die Schultern. »Rate!«

Jakob zögerte. »Unissna«, sagte er dann, zwischen Hoffen, daß es wahr wäre, und Wissen, daß es nicht stimmen konnte, weil er sich den Namen ausgedacht hatte.

Sie nickte und lachte und setzte die Schale ab. Dann sah sie ihn an und sagte: »Weißt du denn, was ›Unissna‹ heißt?«

Jakob schüttelte den Kopf.

»Das hier!« sagte sie, nahm ihm die Teeschale aus der Hand, faßte lächelnd seine Ohren, zog ihn vor und küßte ihn.

In diesem Kuß versank Jakob fast ganz. Er war alles, was er sich gewünscht hatte. Ein Kuß wie aus den Kindertagen, weiß und klar. Ein reiner Kuß. Erst kalt, wie wenn man Schnee ißt, aber dann, wenn der Schnee beginnt, dein Blut in die Lippen und das Salz aus dem Blut zu ziehen, immer wärmer. Ein Aufgehen in der großen Klarheit. Ein Rausch von dünner, kalter Luft. »Unissna«, sagte er, »ich … ich liebe dich.«

Worte waren überhaupt nichts.

»Natürlich«, sagte sie; lag neben ihm auf dem Fell und lachte leise. »Ich bin nur wegen dir da. Das kleine Mongolenmädchen aus dem Nirgendwo. Ich liebe dich auch, Jakob.«

Er sah in ihr Gesicht und versuchte in ihren Augen zu lesen. »Ist das wahr?«

Sie sah ihn an und war herb und schön und von zarter Reinheit – Jakob hätte niemals mit ihr schlafen können.

»Natürlich. Ich liebe dich so, wie du mich liebst. Armer Jakob.«

»Wieso?« lachte er. »Ich habe dich gefunden. Endlich.«

»Endlich«, lachte sie auch und küßte ihn wieder.

Sie lagen die Nacht über eng beieinander und sahen zu, wie der Mond über das Rauchloch wanderte, und Jakob erzählte Unissna Geschichten, und sie erzählte ihm Geschichten, und sie mußten lachen, weil sie beide ihre Geschichten schon kannten.

»Kennst du die Geschichte von der großen Teezeremonie in Kitano?« fragte sie sehr spät in der
Nacht.

Er schüttelte den Kopf. Sie fing an zu erzählen:
»Sie ist berühmt, weil der Fürst Hideyoshi den
Tee und die Teezeremonie so geliebt hat, daß er
eines Tages im ganzen Reich zu einer großen Zeremonie in das Wäldchen bei Kitano eingeladen hat.
Er hat dabei keinen Unterschied gemacht zwischen
Arm und Reich, zwischen Bauer und Shôgun, zwischen Diener und Bauer. Jeder sollte einen Was-
serkessel, einen Schöpfeimer, ein Wassergefäß und
etwas zum Trinken mitbringen. Und wenn jemand
nicht genug Geld für Tee hatte, dann konnte es auch
geröstete, gestoßene Gerste sein. Und wenn jemand
zu arm für Binsenstrohmatten war, auf denen die
Zeremonie stattfinden sollte, dann konnte es auch
Reisstroh oder sogar einfaches Stroh sein. Und
dann sind alle Menschen, denen die Teezeremonie
etwas bedeutete, am ersten Tag des zehnten Monats
aus dem ganzen Land nach Kitano gereist, um
dort mit ihrem Fürsten gemeinsam Tee zu trinken.
Es gab aber einen«, fuhr Unissna träumerisch fort,
»der war so ein armer Bauer, daß er nicht einmal
das allereinfachste Gerät für die Zeremonie zusam-
menbringen konnte. Nicht einmal Gerstenpulver
hatte er brennen können, weil er in einem Unwetter
seine Ernte verloren hatte. Aber er reiste trotzdem
nach Kitano, weil er wußte, daß ihm, wenn er nicht
erschiene, nie wieder eine Teezeremonie erlaubt
sein würde. Weil er zu Fuß reiste, erschien er erst
am letzten Tag der großen Teezeremonie. Ganz am
Rande der Lichtung breitete er seine zerfransten

Strohmatten aus und betrachtete die anderen, die vielfach mit dem kostbarsten Gerät angereist waren und in strenger Höflichkeit nach dem Herkommen Wasser kochten, Tee schlugen und den Gästen anboten. Der Bauer sah zu, weil er sich freute, daß er so eine Teezeremonie sehen durfte, aber er weinte dabei, weil er selber nichts anzubieten hatte und es nicht wagen konnte, irgend jemanden auf seine Matten zu laden. Das sah der Fürst Hideyoshi, lud den Bauern auf seine eigenen Matten ein und bot ihm von eigener Hand Tee an.«

Unissna hatte in eigenartigem Singsang erzählt; rituell und klar. Jetzt sah sie ihn lächelnd an. »So war das in Kitano, damals.«

»Und heute?« fragte Jakob, ihre Hand nehmend.

»Frage nicht mich«, lachte sie leise, »ich bin Mongolin. Es gibt keinen Teeweg bei uns. Wir trinken Tee, weil er uns schmeckt. Wir beten ihn nicht an. Wir lieben uns, weil es schön ist. Wir reiten, weil es besser ist als laufen. Wir schlafen, weil wir müde sind, nicht um zu träumen.«

Sie lagen still und nah auf den Fellen beieinander, und Jakob erfühlte die Klarheit ihrer Haut.

So schön war das.

»Kann ich wiederkommen?« fragte er am frühen Morgen.

»Frag nicht mich!« sagte sie und stand auf, um vor ihm aus der Jurte zu sein, wie das Herkommen vorschrieb. »Jakob«, sagte sie, als er sie noch einmal küssen wollte, »wenn wir Mongolen im Winter reisen, haben wir immer ein Säckchen Salz bei uns. Denn manchmal essen wir Schnee, wenn wir uns in der Steppe verirren und Durst oder Hunger haben. Aber Schnee essen oder trinken macht nicht satt. Wenn du Schnee ohne Salz ißt, dann nimmt er sich das Salz von dir und du verdurstest um so schneller, je mehr Schnee du ißt.«

Jakob lächelte. »Hast du kein Salz für mich?«

»Ich?« lachte Unissna erstaunt. »Ich bin Schnee, merkst du das nicht? Wenn ich Salz hätte, wäre ich lange geschmolzen. Dein Weg sei leicht und gut«, sagte sie und sah ihm nach, als er fortging. Später drehte sich Jakob um, aber die Jurte verschmolz mit dem aufkommenden Dämmerlicht.

»Es tut mir leid, Marietta«, begann er, als er in die Küche trat und seine Frau mit seiner Tochter beim Frühstück sah.

»Gib mir einen Kuß«, sagte seine Frau fröhlich und verwundert, »ich dachte, du schläfst noch.«

Jakob verstand. Marietta hatte gar nicht bemerkt, daß er gestern nicht nach Hause gekommen war.

»Mama heißt doch Lydia!« krähte seine Tochter, als Jakob sich zu ihr hinbeugte und sie küßte.

»Natürlich«, sagte er geistesabwesend und küßte Lydia.

Und dann stand er da. Er fand sich nicht mehr zurecht. Hieß Lydia nun Lydia oder Marietta? Und wie kam er auf Marietta? Er überlegte sich, ob er ihr erzählen sollte, daß er heute nacht bei Unissna gewesen war. Andererseits – es war ja nichts gewesen. Er hatte sie ja – von dem Kuß abgesehen – nicht berührt. Sie frühstückten gemeinsam und Lydia erzählte drollige kleine Geschichten von ihrer Tochter, so daß Jakob lachen mußte.

Später ging er zum Geschäft. Die Stadt wirkte noch schläfrig. Man sah immer weniger Verkehr, die Luft war eisig und Jakob fror. Er war übernächtigt und hatte das Gefühl, den Boden unter den Füßen verloren zu haben. Er dachte über das letzte halbe Jahr nach. Was für eine Zeit! Es kam ihm vor, als wäre er hin- und hergeschleudert worden, zurück in den Fluß geworfen und weitergerissen, sich an allem möglichen Treibgut anklammernd.

Im Laden ordnete er die Dosen. Nach dieser Nacht in der Jurte roch er überhaupt nichts mehr und er hatte keine Lust mehr, sich Tee zu machen. Auf der Leiter stehend, stellte er sich die drei Frauen in einer Reihe vor: Lydia und die Gräfin und Unissna. Was hatte Unissna gesagt? Schnee kann man ohne Salz nicht essen? Er dachte daran, wie es wäre, Salz zu essen. Er stellte sich vor, wie er mit einem kleinen Silberlöffel Salz aus einer Dose nahm und aß. Jetzt erinnerte er sich: Das hatte auch der Gräfin gefehlt. So voller Wildheit sie gewesen war, ihr Temperament und ihre Ausbrüche waren immer wie Winterstürme gewesen, kalt und hart, aber ohne Salz.

Und Lydia? Er hatte eine Erinnerung an Haar, das wie von Meerwind immer ein wenig federnd und salzig gewesen war. Lydia hatte glattes Haar. Unissnas Kuß. Schnee. Hatte sie selber gesagt.

Ich muß ans Meer.

Ob es der Portugiesin auch so gegangen war, auf dem Burgfelsen der Catene, tausend Kilometer von jedem Meer? Vielleicht sind wir von einer Art, dachte Jakob. Vielleicht können wir nicht richtig leben, wenn wir nicht in salziger Luft sind?

Am Meer ist Salz in der Luft und im Wasser und das Meer ... ich bin schon so lange nicht mehr gereist. Die Luft in der Mitte des Landes ist ohne Salz, dachte Jakob. Ich habe solchen Hunger, daß mir schlecht wird.

G egen Ende des 19. Jahrhunderts wurde in China mit dem Kaisertum die konfuzianische Staatsprüfung abgeschafft. 2000 Jahre lang hatte jeder Chinese, der ein öffentliches Amt anstrebte, beweisen müssen, daß er es verstand, Gedichte zu schreiben. Die darauffolgenden Regierungen wechselten rasch. Neben den geheimen Militärplänen und dem streng gehüteten Staatsschatz gab es vor allem ein Geheimnis, das jeder der neuen Machthaber suchte und wieder verschloß, sobald er es gefunden hatte: China ist über neun Millionen Quadratkilometer groß – wo sind die drei kaiserlichen Teegärten, die noch nie ein Weißer betreten hat? Heute sagt man, daß diese Plantagen zu militärischem Sperrgebiet erklärt, mit meterhohen elektrischen Zäunen geschützt und von Soldaten mit Hunden bewacht sind. In diesen Gärten wird der Tee für alle Machthaber Chinas seit der Chou-Dynastie vor dreitausend Jahren bis zur kommunistischen Nomenklatura noch immer auf dieselbe Weise geerntet. Der Tee heißt Yin Zhen, die Silbernadeln. Zu den Zeiten, als die Kaiser über die vier Erdteile herrschten, schnitten Jungfrauen mit vergoldeten Scheren die Knospe und das erste Blatt und legten alles mit behandschuhten Händen in vergoldete Körbe, damit kein unedles Metall das verschwindend zarte Aroma verdarb. Yin Zhen wird ein einziges Mal im Jahr geerntet, und das nur zwei Tage lang. Wenn es aber an diesen zwei Tagen regnet oder ein starker Wind weht oder ein Gewitter droht, dann gibt es in diesem Jahr keinen Tee aus den kaiserlichen Gärten, weil es verboten ist, den Tee zu unwürdigen Zeiten zu ernten. Yin Zhen ist ein weißer Tee, und aus den

Gedichten des uralten Herrn wissen wir, daß er schmeckt, wie wenn man den Duft von Orchideen tränke. In China sagt man für Menschen, die gern und ohne Not mit ihrem Leben spielen, sie »suchen die kaiserlichen Gärten«.

Einige Tage später erhielt Jakob Post von dem Tee-importeur, mit dem er seit Jahren zusammenarbeitete. Es war eine Einladung zu einem Fest. Die Firma bestand nun seit zweihundert Jahren ununterbrochen. Höhepunkt des Festes sollte ein Törn auf einem Teeklipper sein. Es lag ein Bild bei. Jakob zeigte es Marietta zusammen mit dem Brief.

»Sieh mal«, sagte sie mit plötzlich zurückgekehrter, selten gewordener Heiterkeit und deutete auf das Geschäftssiegel der Firma. »Hier steht Hambrugh.«

In der Tat stand da in der verschlungenen Schrift des vornehmen Hamburger Kaufmannswappens zwischen *mercator Norderstedt* und *sigillum* das Wort *hambrugh*.

Jakob erinnerte sich, das schon einmal auf einer Teekiste gelesen zu haben. Wie ein Hauch rührte ihn das kindlich und fröhlich sehnsüchtige Gefühl von damals an. Wie aus den schwarzweißen Familienbildern der Urgroßeltern. Vergangenheit, die einen selbst angeht, die einen aber nicht mehr erreichen kann. Er vermißte plötzlich seine eigene Vergangenheit.

»Tochter!« sagte er zu seiner Tochter, die noch am Frühstückstisch saß. »Soll ich nach Hamburg? Sieh mal, auf ein richtiges Teeschiff?«

Er zeigte ihr das Bild. Sie hüpfte aufgeregt auf ihrem Stuhl hin und her.

»Darf ich mit?«

»Nein«, sagte Jakob berührt, »das geht nicht. Aber ich bringe dir etwas mit. Ja?« er wandte sich an Marietta.

»Bitte, Mama!« krähte die Kleine.

»Nein«, lächelte Marietta, »Papa fliegt allein.«

Es war schon allein ein Abenteuer, zum Flugplatz zu kommen. Der Schnee legte die Stadt lahm. Aber das Flugfeld war frei. Da er lange nicht geflogen war, überraschte ihn, wie lax die Kontrollen geworden waren. Der kleine Flughafen wirkte fast wie ein Familienbetrieb. Die Piloten kannten einander und scherzten mit den wartenden Passagieren, bis das Gepäck verladen wurde. Als die zweimotorige Maschine aufstieg, sah er fast ehrfürchtig aus dem sich rasch beschlagenden Fenster. Unter ihm erstreckte sich eine weite, weiße Ebene, in der die Konturen der Stadt rasch verschmolzen. Seine Gedanken wandten sich nach vorne. Hamburg bedeutete immer auch die Portugiesin. Die immer beklemmendere Welt in seiner Heimatstadt lag hinter ihm. Die Gestalten Unissnas und der Gräfin verschmolzen in dem Bild der Portugiesin. Immer wieder kehrte er zu ihr zurück. Er hatte immer engere Kreise um sie gezogen, und vielleicht war es jetzt endlich die richtige Zeit. Als er in Hamburg gelandet war, wurde er schon in der Halle vom Fahrer Norderstedts abgeholt, der ihn in einem geräumigen Wagen in die Stadt fuhr. Das Auto roch unaufdringlich nach Leder und Vornehmheit. In Hamburg lag kein Schnee, es war kalt und sonnig. Das Handelskontor lag, wie konnte es anders sein, im ältesten Teil der Speicherstadt. Auf einer der hundert Brücken hielt der Wagen an, der Fahrer führte ihn zusammen mit zwei weiteren Gästen die Treppen hinunter zu einem der Kanäle, wo eine Schute auf sie wartete. Man stakte sie hinüber zum Speicher. Es war ein Fachwerkhaus, genau die sieben erlaubten Meter breit wie alle anderen in der Speicherstadt, und vier Stockwerke hoch. Die Speichertore waren geöffnet und man sah, daß die schöne alte Halle für die Gäste geschmückt war. Sie waren nicht die einzigen auf dem Graben. Andere Boote schaukelten ebenfalls heran zu der kleinen Mole, die sich je nach Wasserstand hob oder senkte.

Jakob stieg auf die Mole, wo Norderstedt schon wartete, ihm die Hand hinstreckte und ihn mit seiner feinen Hamburger Sprechweise begrüßte.

Man führte sie in die oberen Stockwerke, wo für jeden Gast Kleider bereitlagen. Kleider im Stil der Blütezeit Hamburgs. Schnallenschuhe. Leinene Wämser und Bänder. Unterzeug aus Kattun. Schleifen. Rüschen. Strümpfe. Er kleidete sich um. Wie selbstverständlich nahm er hin, daß Norderstedt seine Größen kennen mußte – alles saß wie angegossen.

Als der Fahrer von vorhin – in Leinenhosen und schwerer schwarzer Weste – an die Tür klopfte und Jakob auf die Diele trat, nickte er ihm zu. »Steht Ihnen«, meinte Jakob lächelnd, »uns Europäern steckt das 18. Jahrhundert ganz tief in den Knochen.«

»Nein«, sagte der Fahrer ernst, »das ist nicht genetisch. Es ist einfach falsch.«

Aber dann gingen sie hinunter in die Speicherhalle, wo die Spezereien und Köstlichkeiten des

Ostens auf den großen Eichentischen aufgebaut waren, als kämen sie eben frisch von der Reede. Selbst Jakob, der doch aus seinen Lagern vieles kannte, war von den zahlreichen exotischen Genüssen hingerissen.

»Sie müssen das hier probieren!« sagte Norderstedts Frau kokettierend und steckte ihm ein Fruchtstück in den Mund. »So was haben Sie noch nie gegessen.«

»Ich glaube, ich habe mich erkältet«, meinte Jakob mit vollem Mund. »Ich schmecke kaum was. Aber es sieht wunderbar aus.«

Norderstedt zeigte seinen Gästen auch am nächsten Morgen hanseatisch unaufdringlich, daß er es unter anderem mit ihrer Hilfe fertiggebracht hatte, einer der reichsten Kaufleute Hamburgs zu bleiben. Nach einem raschen Frühstück im Hotel wurde Jakob wieder von Norderstedts Fahrer abgeholt und hinunter an die Reede gefahren, wo der Klipper lag, auf dem die Feierlichkeiten ihren Höhepunkt erreichen sollten. Man kletterte den steilen Laufsteg hinauf, wurde von Norderstedt ernsthaft begrüßt und begann sich an Deck umzusehen.

Jakob sah sich um. In seinem Zimmer im Hotel hatten wieder Kleider für heute bereitgelegen. Und auf dem Schiff sah man nun in einem wilden anachronistischen Durcheinander drei Jahrhunderte Hamburger Moden: Vom steifen gefältelten Kragen und dem knapp anliegenden lutherischen Rock über Kniebundhosen und Dreispitz bis hin zu den nüchtern vornehmen graugestreiften Röhrenhosen samt dazugehörigem Homburg, wie er ihn trug, wimmelte das Schiff von Menschen in hochgespannter Erwartung. Wie gut Norderstedt gewählt hatte: Jakob sah, daß dort der kleine rotgesichtige Bankchef in Pluderhosen gesteckt worden war. Die Feder seines Baretts wippte, wenn er aufgeregt sprach. Oder Norderstedts Frau: Heute trug sie ein elegantes, graues Kostüm aus den dreißiger Jahren, perfekt bis hin zur unförmigen Handtasche und den kurzen weißen Handschuhen.

Der Bootsmann pfiff: Alle Hände an Deck! Die Segel rauschten an den vier Masten hoch. Die Leinen wurden losgemacht. Der Klipper nahm Fahrt auf. Als sie die Elbe hinuntersegelten, lag der Wald von Kränen im Containerhafen in einem leichten Frühdunst, der von der Elbe aufstieg. Die Wintersonne glitzerte auf ein paar Eisschollen, die neben dem Schiff mit dem ablaufenden Wasser elbabwärts glitten. Jakob sah hinüber zu den Elbbrücken. Es war Sonntagmorgen, kein Auto zu sehen. Die Hochhäuser der Versicherungen und Banken sprachen mit ihren blau spiegelnden Fassaden kühl davon, wie modern, großstädtisch und reich Hamburg war. Sie passierten ein Linienschiff der Stena-Line im Dock nahe beim Passagierhafen. Die Masten ihres Klippers reichten nicht einmal bis zur Reling.

Nach einigen Stunden erreichte man die See. Der Wind in der deutschen Bucht frischte auf, der Teeklipper legte sich leicht schräg und fing an, die Wellen zischend zu durchschneiden. Die Segel begannen zu knattern und in den straffen Leinen wurde aus dem feinen Wispern allmählich ein Pfeifen. Jakob stand vorne am Bug. Der Schaum spritzte zu ihm hoch und verwehte.

»So müßten wir fahren – bis China!« schrie er in den Wind. Wasser sprühte ihm ins Gesicht und er leckte sich die Lippen. Elbwasser wohl noch – es schmeckte nach nichts.

Es dämmerte schon – die Wintertage waren kurz. Es schlug acht Glasen. Man ging unter Deck. Im Mannschaftsraum saß man bei schwankenden Petroleumleuchten dicht an dicht auf den Bänken. Auf den festgeschraubten Tischen standen Zinnkannen voll roten dampfenden Punsches, Kannen mit heißem Wasser, eine Karaffe Rum und eine zinnerne Zuckerdose daneben, staubige Flaschen Tokaier, Genever und Arrak. In der Mitte ein riesiger Rosinenkuchen, mit Branntwein getränkt und blau brennend.

»Trinken Sie, Jakob«, rief Norderstedt vom Kopf der Tafel und hob sein Glas mit Punsch, »trinken wir auf Ihre schöne Frau, die Sie mir Jahr um Jahr vorenthalten!«

Jakob hob sein Glas schweigend Norderstedt entgegen. Sie tranken.

Sie tranken den ganzen Abend bis tief in die Nacht, bis der Mannschaftsraum immer leerer wurde und bei den Zurückgebliebenen die Augen und die Zungen schwer wurden. Die Petroleumlampen funzelten. Die meisten Gäste hatten sich längst in die Kojen zurückgezogen. Jakob trank und trank. Der Kopf des dicken Bankchefs rollte auf dem Tisch sanft mit der Dünung, die kurzen Finger hielten im Rausch noch das leere Glas. Norderstedt saß aufrecht, aber die Augen waren glasig. Nur Jakob hob sein Glas wieder und wieder, trank alten schweren Tokaier, scharfen holländischen Genever,

gewürzten Wein, Grog, und es war, als tränke er
Wasser.

»Jakob«, murmelte Norderstedt schließlich dumpf
staunend, »Sie ... Sie ...« Er schwieg und starrte
nur noch über die Tafel, unfähig, seinen Gedanken
zu Ende zu führen. Schließlich stand Jakob auf.
Der Mannschaftsraum sah aus wie eine Szene von
Breughel. Die wenigen Gäste, die es mit den beiden ausgehalten hatten, lagen in hölzernen Sesseln
und über den Tisch wie für ein Stilleben. Jakob
wurde bewußt, wie ruhig es geworden war. Ohne
Schwanken und mit überscharfen Sinnen stieg er
über die Schlafenden hinweg und ging an Deck.
Das Schiff lief vor dem Wind. Er sah nach den
Sternen, aber der Himmel hatte sich im Lauf der
Nacht bezogen. Außer dem schwach leuchtenden
Schaum der Bugwellen war nichts zu erkennen. Er
starrte in die Dunkelheit. Keine Positionslichter,
keine Leuchttürme, keine Küstenlinie. Es strengte
die Augen an, nichts fassen, nichts umreißen zu
können. Der Teeweg fiel Jakob ein. »Es ist wie eine
Reise ins Nichts«, flüsterte er, »am Ende steht das
Vergessen. Vielleicht ist es schön, in der Dunkelheit
einfach aufzugehen.«

Am nächsten Tag fuhren sie wieder die Elbe hinauf. Obwohl Flut war und der Wind richtig stand,
ging es stromaufwärts langsamer. Die Stimmung an
Bord war, wie immer nach großen Festen, gedämpft
und gereizt.

Über dem Strom lag winterlicher Dunst. Es wurde
nicht richtig hell. Erst als der Klipper auf kleiner
Fahrt nur mit dem Marssegel in den Hafen einlief,
lichtete sich der diesige Tag ein wenig. Als Jakob an

Deck stieg, um beim Anlegen zuzusehen, warf er einen kurzen Blick über die Reling, nur um wieder nach unten zu stürzen und die anderen Gäste zu rufen.

»Kommt«, drängte er die anderen, als sie die steile Treppe hinaufflogen, »schnell!« Er eilte an die Bugreling. »Da!« rief er und machte eine weit ausholende Armbewegung.

Da: Das war ein Wald von Masten. Da: Das waren Segelschiffe in allen Größen, offene Dampfbarkassen, die sich heiser tutend einen Weg in die Fahrrinne bahnten. Da: Das waren Eisen- und Holzkräne, die riesige Ballen Tuch löschten, in großen Netzen Teekisten und Kaffeesäcke auf die wartenden Lastkähne und Schuten umluden. Da: Das waren Hafenarbeiter in enganliegenden, dunkelblauen und weißen Leibchen, in schweren Tuchhosen, mit Pfeifen im Mund und Koteletten bis zum Kinn. Das waren die Kanäle, die vom Hafen aus wie hundert Gassen unter eisernen und hölzernen Brücken durch in die Speicherstadt führten, deren Tore in allen Stockwerken offenstanden. Vor jedem Speicher die flachen Kähne, von denen Teekisten zusammengezurrt in die hohen Stockwerke gehievt wurden, Kaffeesäcke in die unteren Speicher geworfen wurden, wo die Rösterei lag. Da flossen hunderte von Kakaokisten und Gewürzsäcken, riesige Ballen von Kaliko, Tuch, Seide, flache, metallbeschlagene Kisten mit chinesischem Porzellan, Käfige mit Äffchen und Papageien, Körbe mit Früchten und bizarre, riesige Farne in einem nicht enden wollenden Strom aus den Fmachträumen der Schiffe rings um sie her in die reiche, alte Stadt. Auf den Brücken standen und eilten die Menschen, es wimmelte von ihnen auf den Straßen und im Hafen. Auf der prächtigen, im Nachmittagslicht rötlich schimmernden Front der riesigen Backsteinspeicher saßen vergoldete Türmchen und Erker. Wie auf die breite Brust gemalt, trug jeder Speicher quer über die Front einen der alten, stolzen Namen der Hamburger Kaufherrn.

»Das ist Hambrugh«, flüsterte Jakob.

Als sie zurück im Hotel waren und er zögernd seinen Anzug vom Schiff mit seinen Alltagskleidern vertauschte, zitterten in ihm die Bilder nach. Er würde nicht fliegen, beschloß er. Er mußte mit dem Zug fahren. Hier mußte der Kreis sich doch endlich schließen. Er würde an den Bahnhof gehen und mit dem Zug fahren. Weiter dachte er nicht.

Norderstedt hatte ihn an den Bahnhof bringen lassen, mit einem kleinen verständnisvollen Lächeln. Wenn Hamburg heute ganz anders aussah, dann hatte sich hier im Bahnhof alles noch mehr verändert, seit er das letzte Mal hier gewesen war. Als er die Halle betrat, war die Luft beißend scharf und bis unter die schwarzeisernen Streben der Decke von Rauch erfüllt. Der Lärm war unbeschreiblich. Die Lokomotiven pfiffen. Jakob konnte keine Zugtafeln finden und mußte einen der uniformierten Träger fragen, von welchem Bahnsteig sein Zug fuhr. Auf dem Weg dorthin ließ er sich mehr schieben, als er selber ging. Überall erwartete er, die Portugiesin zu sehen. Jede Ähnlichkeit ließ ihn zusammenfahren und seine Augen groß werden: hier eine Haarfarbe, dort ein Kleid, da drüben eine Figur. Es fiel ihm schwer, ihr Bild zu bewahren, um es mit den vielen

anderen zu vergleichen. Das Gewühl nahm ihm fast
den Atem, jeder schien mit dem Zug zu fahren, es ließ
keinen Raum für Melancholie, und er war schließlich eingestiegen, ohne sie irgendwo entdecken zu
können, nicht einmal im letzten Augenblick, als der
Zug den Bahnhof verließ. Seine Enttäuschung war
maßlos, während er auf seinem Platz ruhig zu sitzen
versuchte, schüttelte sie ihn und schließlich stand er
zitternd auf. Immer weniger fühlte er sich Herr über
sich. Die Gier nach Salz, nach der Portugiesin, und
die Leere, die seine Knochen und seine Gedanken
aushöhlte, waren immer schwerer auszuhalten. Um
irgend etwas zu tun, ging er den Zug Wagen für Wagen ab, in den hektischen Bildern vom Einsteigen
meinte er immer wieder irgendwo eine vertraute Bewegung gesehen zu haben – konnte sie nicht leicht
im Zug sein? Hatte sie nicht gesagt: »Wirst du auf
mich warten?« Er konnte nicht mehr warten. Und
natürlich war sie nirgends. Jakob ging die Wagen ein
zweites und ein drittes Mal ab. Sie konnte sich eben
umgedreht haben, im Speisewagen gewesen sein. Er
hatte sie nur übersehen. Schließlich mußte er sich
zwingen stehenzubleiben. Sich hinzusetzen. Sie war
nicht im Zug. Er atmete tief ein und aus, aber es beruhigte ihn nicht, sein Atem blieb schnell. Der Zug
begann, ihn zu beengen, und es hielt ihn nicht auf
dem Sitz. Wieder ging er auf und ab, aber das Gefühl
der Beklemmung nahm zu und Jakob biß die Zähne
zusammen, bis seine Kiefer sich verkrampften, um
die letzten zwei Stunden zu überstehen.

Endlich erreichten sie den Bahnhof. Erleichterung, wenn auch nur für einen Augenblick, schwappte über Jakob. Er sah sich um. Da kam Lydia mit der Kleinen an der Hand von der Ostseite, Luise und Hermann vom Westeingang. Die Kleine riß sich von Lydias Hand und rannte quer durch die Halle auf Hermann zu. Sie hatte Jakob in der Menge der Reisenden noch nicht entdeckt.

»Onkel Armando!« schrie sie im Rennen fröhlich. Er trug einen bodenlangen Mantel, der an Kragen und Ärmeln mit Pelz besetzt war. Der Hut war tief in die Stirn gedrückt. Er hob die Kleine auf, wirbelte sie durch die Luft und klopfte ihr anerkennend auf die Backen. Dann kam Lydia dazu; er küßte ihr die Hand, und sie sahen sich nach Jakob um.

»Hallo, Alter!« brüllte Hermann durch die Halle, als er ihn entdeckt hatte. Er knuffte Jakob in die Seite, reichte ihm Lydia zum Kuß hin, zog einen Flachmann aus den tiefen Taschen seines Mantels und ließ ihn reihum gehen. Luise stöhnte gespielt auf: »Hermann! Hier – du wirst immer frecher. Sie werden dich noch verhaften!« Aber der Polizist auf den Treppen sah weg. Jakob stutzte. Blaue Uniformen? War nicht ...

»Woher weißt du, wann ich ankomme?« fragte er Hermann.

»In dieser Stadt«, lachte Hermann machtbewußt, »geschieht gar nichts, ohne daß ich es weiß. Kommt, hier im Bahnhof ist es saukalt.«

Jakob, von der Zugfahrt noch verstört und fast willenlos, ließ alles mit sich geschehen.

Hermann pfiff durch die Zähne und ein Dienstmann stürzte herbei und nahm Jakob die Koffer ab. Die Gruppe wanderte ihm hinterher durch die Halle, wo Jakob merkte, wie lange er nicht mehr im Bahnhof seiner Heimatstadt gewesen war. Am hintersten Bahnsteig stand eine Maschine, eine hochmoderne elektrische Lokomotive, die von den üblichen schwerfälligen Dampfmaschinen abstach. Sie war stromlinienförmig verkleidet, sah grau und schnell aus. Die Waggons waren noch dunkel, man konnte nicht hineinsehen. Eine Gruppe stand dort: bunt, lachend, durcheinanderredend und Abschied nehmend. Das waren Südländer; Jakob konnte nicht sagen, aus welchem Land. Der Bahnsteig füllte sich rasch; es war wohl ein Sonderzug. Die Anzeigetafel war außer Betrieb. Jakob fand sich wieder und stärker als je vor Nervosität vibrierend, wie vorhin im Zug. Jakob sah die Dinge wie von ferne. Als er die Gruppe der Südländer passierte, löste sich eine Frau daraus und ging auf Jakob zu.

Jakob schluckte trocken. Der Schock des Erkennens war wie ein körperlicher Stoß.

Die Frau stand vor Jakob. »Der Herr von Ketten«, sagte sie leise.

Ihre Stimme wie grünes Meerwasser, schmeckt wie Salz, dachte Jakob.

»Ihr habt gewartet«, sagte die Portugiesin.

Jakob nahm undeutlich wahr, daß Luise und Lydia neben ihm auftauchten, daß Hermann und seine Tochter neben ihm standen und interessiert zuhörten. Der Bahnhof klirrte von Eisen und summte von Reisenden.

»Ihr habt wirklich gewartet, so eine lange Zeit.«

Jakob nickte.

»Und liebt mich noch?«

Jakob nickte.

In ihrem Gesicht waren die Augen der Mongolin, die Hände waren die der Gräfin, der Mund hatte das leise Lachen Lydias in den Winkeln.

»Reisen wir«, sagte die Portugiesin. Ihre Stimme wie kleine Wellen an einem Sommernachmittag an der See.

»Wohin?« fragte Jakob. In Jakob stieg plötzlich Hunger wie Panik hoch. »Wohin?« fragte er die Portugiesin.

Sie nahm ihn bei der Hand, führte ihn zum Ende des Bahnsteigs und zeigte an den Gleisen entlang, die aus dem Kopfbahnhof führten.

»Fort!« sagte sie.

Jakob sah die Gleise entlang.

Schnee.

Jakob sah die Portugiesin an.

Sie war zum Verzweifeln schön und Jakob liebte sie verzweifelt.

Die Gleise entlang.

Weite. Weiße Weite.

»Ich habe Hunger«, sagte er plötzlich zur Portugiesin, »Hunger nach Salz.«

»Wenn ich reise«, sagte die Portugiesin mit dem Lächeln, nach dem Jakob sich fünfzehn Jahre gesehnt hatte, während sie etwas aus ihrem Muff holte, »habe ich immer ein Säckchen Salz bei mir.«

»Dann reisen wir«, sagte Jakob, »kann ich etwas haben?«

Sie nahm seine Hand und schüttete ihm ein kleines weißes Häufchen auf den Handteller. Jakob leckte es auf. »Ich schmecke nichts!« sagte er ruhig. Und dann schrie er: »Ich schmecke nichts!« und rannte los, den Bahnsteig entlang, durch die Bahnhofshalle und durch die Türen auf die Treppe zur Stadt. Entsetzt kehrte er um, stieß die Türen zum Bahnhof auf und wurde vom Bahnhofslärm überfallen. Er warf den Kopf hin und her. Züge klirrten. Auf dem Bahnsteig sah er die Portugiesin. Sie wartete. Der Zug pfiff und zitterte, als die letzten Waggons angekoppelt wurden. Er hörte, wie der Zug pfiff und sah, wie er zitterte, als die letzten Waggons angekoppelt wurden.

Auf dem Bahnsteig sah er die Portugiesin. Sie wartete. Der Zug pfiff und zitterte, als die letzten Waggons angekoppelt wurden. Er hörte, wie der Zug pfiff, und sah, wie er zitterte, als die letzten Waggons angekoppelt wurden. Auf dem Bahnsteig sah er die Portugiesin. Sie wartete. Er hörte wie der Zug pfiff und zitterte die Portugiesin wartete der Zug pfiff und zitterte die Portugiesin wartete.

Pfeifen, zittern, warten, pfeifen, zittern, warten, pfeifen, zittern, warten, pfeifen.

Jakob ging aus dem Bahnhof. Als die Tore hinter ihm zuschlugen, blieb er, diesmal noch tiefer geschockt, stehen. Es war totenstill. Es war, als ob die Stadt gestorben wäre.

Jakob merkte, wie er verrückt wurde.

Im Bahnhof kreiste die eine Szene um ihn, sobald er die Halle betrat. Hier draußen bewegte sich nichts. Er war zwischen die Mühlsteine geraten. Der eine kreiste, der andere ruhte.

Er begann, ziellos durch die Stadt zu laufen. Haha! Hatte er davon nicht immer geträumt, als er

klein war? Eine Welt, auf der nur noch er zurückgeblieben war? Wo er alle Autos fahren konnte?
Sich alles nehmen, was immer er wollte? Er rannte
in einen Laden. Das Licht war an. Im Regal lagen
Brot und Brötchen. Es war warm. Und tot.

Er wanderte in der Mitte der Straßen der Stadt.
Kein Auto, kein Mensch – nichts.

Nichts ist grauenvoller als eine menschenleere
Stadt.

Eine Stadt im Schnee. Februar. Es ist kalt und die
Stadt ist still. Irgendwann stieg er in ein Auto, um
verzweifelt einen Kindertraum wahr zu machen,
aber nicht einmal der Schlüssel ließ sich drehen. In
dieser Stadt bewegte sich nichts außer Jakob.

Es trieb ihn wieder in den Bahnhof. Er ging
auf den Bahnsteig zurück. Pfeifen Zittern Warten.
Die Portugiesin anzusehen gab ihm einen Stich ins
Herz. Sie war die einzige, die ihn wahrnahm.

»Reise mit mir!« sagte sie. »Du hast so lange auf
mich gewartet.«

»Das stimmt«, sagte er. »Kommst du mit mir in
die Stadt?«

»Ich kann nicht«, sagte sie. »Ich bleibe hier, bis
du mit mir kommst.«

»Aber du sollst mit mir kommen«, schrie er. »Du
bist die einzige, die lebt. Die einzige, die ich liebe.«

»Reise mit mir!« bat die Portugiesin verzweifelt,
»bitte. Niemand kann dich mehr lieben als ich.«

»Liebst du mich wirklich?« fragte er die Portugiesin irgendwann.

Sie sah ihn mit ihren wunderbaren Augen an. »So
sehr«, sagte sie, »wie du dir nur vorstellen kannst.
So sehr, wie du auf mich gewartet hast.«

Jakob ging verzweifelt davon.

Wieder durch die tote Stadt. Er fand nach Hause.

Auch hier war es warm und hell – grauenhaft beleuchtet: ein Haus, für das es keine Bewohner gab. Jakob war am Rande des Zusammenbruchs. Als er das Schlafzimmer betrat, erschrak er furchtbar. Im Bett lag Marietta. Er stürzte zu ihr, aber sie bewegte sich nicht, und als er sie rüttelte und an ihr horchte, fand er auch keinen Atem an ihr.

Jakob stand an Mariettas Bett und er erinnerte sich an alles. An jeden Tag mit Marietta. An ihr Haar. Und an ihr Lachen, ihre Küsse und ihren Körper. Und er dachte an die Portugiesin, die große Liebe, mit der er reisen könnte. Er lauschte in die grausige Stille der Stadt. Und dann erinnerte er sich an Mariettas Geschmack. Er wünschte sich so, wieder schmecken zu können. Und er fühlte sich so leer. Was für eine Liebe soll das sein, fragte er sich bitter, die mich ausleert bis auf den Grund? Er verstand jetzt, wie sich die Gräfin gefühlt haben mußte. Und auch, wie sich Marietta fühlte. Ich hab sie satt, dachte er, diese Vollkommenheit, diese ewige Suche nach der Vollkommenheit. Ich will wieder leben wie ein Mensch. Ich will wieder träumen können. Und irgendwie, dachte er verzweifelt, will ich Marietta wiederhaben.

»Ich bin müde«, murmelte er schließlich und legte sich neben sie. Als er einschlief, hörte er einen Tropfen fallen. Es taute.

Während er schlief, ertrank die Heimatstadt im Regen und im schmelzenden Schnee. Jakob, der ungemessene Zeit durch die Stadt gegangen war, schlief und schlief und schlief. Nach einer Weile kehrten die Träume auch wieder dorthin zurück, wo sie herkamen. Jakob träumte davon, die Portugiesin abfahren zu sehen, und er träumte von anderen Städten, vom Meer und vom Zirkus. Träume. Sie tauchten auf und vergingen. Jakob schlief. Als der Regen aufhörte, dämmerte es allmählich in einen milden Vorfrühlingstag hinein. Jakob wachte auf, zog seine Hand unter Mariettas Hüfte fort und stand auf. Ein graurosa Licht sickerte in das Zimmer. Mariettas Haar glitzerte an den Spitzen wie Glas.

Eine seltsame Frau, dachte Jakob, die alle Träume überlebt.

Vorsichtig zog er sich an und ging hinunter. Als er die üblichen Handgriffe tat, um das Frühstück zu machen, hielt er verblüfft inne. Dann, sehr vorsichtig, so wie man sich einem scheuen Tier nähert, beugte er sich über die Teedose.

»Assam«, sagte er glücklich, »Assam.« Leise bewegte sich die Luft und es duftete nach Assam.

Jakob holte die nächste Dose herunter.

»Sencha!« sagte er froh, und durch die Küche ging ein Hauch von einer Brise, die nach Jasmin duftete.

»Gunpowder!« Die Luft kühl, herb und dünn.

In der Tür war Marietta aufgetaucht. Im Arm hatte sie die Tochter.

»Papa ist wieder da!« sagte die Kleine.

»Ja«, sagte Marietta, »endlich.«

Jakob hatte sie nicht gehört. »China Oolong«, sagte er fröhlich. Die Luft wurde fein und zart warm.

»Spürst du das?« fragte Marietta. »Deshalb liebe ich deinen Papa. Er kann auf Worten reisen.«

Jakob drehte sich um.

»Ich bin wieder da«, sagte er.

»Ich auch«, sagte Marietta.

Abends, als sie im Bett lagen, betrachtete Jakob Marietta. Ihr Haar breitete sich um ihr Gesicht wie eine Flüssigkeit, und wenn er die Hand darauf legte, federte es.

»Ich …«, begann er zögernd, aber Marietta unterbrach ihn.

»Solange es dauert, Jakob, nicht länger, aber auch nicht kürzer. Versprich mir nichts.«

Jakob schwieg lange. Dann sagte er leise: »Ich bin zurückgekommen, Marietta.«

»Weil du mich liebst, hm?« fragte sie mit bitterem Spott.

»Wahrscheinlich, weil ich dich liebe.«

Die Luft um die beiden bewegte sich und es wurde warm.

Marietta ließ sich zurückfallen:

»Aber wie! Irgendwie und holprig und doch nicht ganz und träumst dabei von anderen Frauen und großen Lieben.«

»Ich bin nur ein Mensch, Marietta – ich liebe dich, so gut ich kann.«

Ein kleiner Wirbel hob ihre Haare und ließ sie sich rund um ihren Kopf auf das Kissen legen. Sie sah aus, als läge sie in der Mitte eines kleinen Teichs.

»Naja«, sagte sie etwas ruhiger, »viel ist das nicht.«

Nach einer kleinen Pause sagte sie: »Liebe ist sowieso bloß ein blödes Wort.«

Jakob schob sanft die Hand unter ihre Hüfte. »Aber ich kann auf Worten reisen.«

»Deine Tochter nennt dich Teezauberer«, sagte Marietta schläfrig.

Jakob dachte nach. Dann nahm er die Tasse vom Tablett neben dem Bett und reichte sie Marietta. »Die Kunst des Teewegs«, sagte er, »ist, eine Schale Tee nicht allein zu trinken.«

Jasper Fforde im dtv

»Schrill, schräg, abgefahren.«
Fuldaer Zeitung

Der Fall Jane Eyre
Roman
Übers. v. Lorenz Stern
ISBN 978-3-423-21014-0

Geheimagentin Thursday Next, Spezialgebiet Literatur, steht vor einer ihrer größten Herausforderungen: Der Erzschurke Acheron Hades hat Jane Eyre aus dem berühmten Roman von Charlotte Brontë entführt, um Lösegeld zu erpressen. Eine Katastrophe für England ...

In einem anderen Buch
Roman
Übers. v. Joachim Stern
ISBN 978-3-423-21015-7

Spezialagentin Thursday Next wird schwer in die Mangel genommen: Ihre eigene Dienststelle lässt sie beschatten, bei der Mammut-Herbstwanderung fällt ihr ein Oldtimer fast auf den Kopf, und obendrein geht am 12. Dezember die Welt unter, wenn sie und ihr zeitreisender Vater nicht herausfinden, warum sich plötzlich alles in rosa Soße verwandelt ...

Im Brunnen der Manuskripte
Roman
Übers. v. Joachim Stern
ISBN 978-3-423-21049-2

Ihren Mutterschaftsurlaub ver-
bringt Thursday Next im Brunnen der Manuskripte. Doch es ist ein Mörder unterwegs, der sich auf Agenten der Jurisfiktion spezialisiert hat.

Es ist was faul
Roman
Übers. v. Joachim Stern
ISBN 978-3-423-21050-8

Ein schwerer Schock für Hamlet: Er kann nicht zurück in die BuchWelt! Ophelia hat sein Stück umgeschrieben ... Wird Thursday Next die Welt retten können? Und wer passt solange auf ihren Sohn auf?

Irgendwo ganz anders
Roman
Übers. v. Joachim Stern und Sophie Kreutzfeldt
ISBN 978-3-423-21257-1

Seit einiger Zeit führt Thursday Next ein gefährliches Doppelleben. Zwischen Teppichhandel, BuchWelt und Käseschmuggel muss sie mit dem Tod von Sherlock Holmes klarkommen und herauskriegen, warum die Romane von Thomas Hardy plötzlich überhaupt nicht mehr lustig sind ...

Bitte besuchen Sie uns im Internet: www.dtv.de

Rafik Schami im dtv

»Meine geheime Quelle ist die Zunge der anderen. Wer
erzählen will, muß erst einmal lernen zuzuhören.«
Rafik Schami

**Das letzte Wort der
Wanderratte**
Märchen, Fabeln und phantas-
tische Geschichten
ISBN 978-3-423-10735-8

»Die Fortsetzung von
›Tausendundeiner Nacht‹ in
unserer Zeit.« (Jens Brüning,
Sender Freies Berlin)

Die Sehnsucht fährt schwarz
Geschichten aus der Fremde
ISBN 978-3-423-10842-3

Das Leben der Arbeitsemi-
granten in Deutschland: von
Heimweh und Diskriminie-
rung, Einsamkeit und Missver-
ständnissen, von Behördenkrieg
und Sprachschwierigkeiten –
und von manch kleinem Sieg
über den grauen Alltag.

**Der erste Ritt durchs
Nadelöhr**
Noch mehr Märchen, Fabeln
& phantastische Geschichten
ISBN 978-3-423-10896-6

Von tapferen Flöhen, einer
einsamen Raupe, einem
Schwein, das unter die
Hühner ging und anderen
wunderbaren Fabelwesen.

Das Schaf im Wolfspelz
Märchen & Fabeln
ISBN 978-3-423-11026-6

Märchen und Fabeln, die bunt
und poetisch erzählen, was ein
Schaf mit einem Wolfspelz zu
tun hat und warum eine
Zwiebel uns tatsächlich zum
Weinen bringt.

Der Fliegenmelker
Geschichten aus Damaskus
ISBN 978-3-423-11081-5

Vom Leben der Menschen im
Damaskus der 50er Jahre: Liebe
und List, Arbeit und Vergnügen in unsicheren Zeiten.

Märchen aus Malula
ISBN 978-3-423-11219-2

Aus Malula, dem Heimatort
von Rafik Schamis Familie,
stammt diese Sammlung von
Geschichten, die durch Zufall
wiederentdeckt wurde.

Erzähler der Nacht
Roman
ISBN 978-3-423-11915-3

Salim, der beste Geschichten-
erzähler von Damaskus, ist
verstummt. Sieben seiner
Freunde besuchen ihn Abend
für Abend und erzählen die
Schicksalsgeschichten ihres
Lebens. Damit können sie
Salim erlösen, denn er
benötigt sieben einmalige
Geschenke …

Bitte besuchen Sie uns im Internet: www.dtv.de

Rafik Schami im dtv

Eine Hand voller Sterne
Roman
ISBN 978-3-423-11973-3 und
ISBN 978-3-423-21177-2

Über mehrere Jahre hinweg
führt ein Bäckerjunge in
Damaskus ein Tagebuch. Es
gibt viel Schönes, Poetisches
und Lustiges zu berichten,
aber auch von Armut und
Angst erzählt er.

Der ehrliche Lügner
Roman
ISBN 978-3-423-12203-0

Zauberhaft schöne Geschichten aus dem Morgenland, die
Rafik Schami in bester arabischer Erzähltradition zu
einem kunstvollen Roman
verwoben hat.

Vom Zauber der Zunge
Reden gegen das Verstummen
ISBN 978-3-423-12434-8

Vier Diskurse über das Erzählen, wie sie lebendiger und
lebensnäher nicht sein könnten.

**Reise zwischen Nacht
und Morgen**
Roman
ISBN 978-3-423-12635-9

Ein alter Circus reist von
Deutschland in den Orient.
Ein Roman über die Hoff-
nung im Angesicht der
Vergänglichkeit.

Gesammelte Olivenkerne
aus dem Tagebuch der Fremde
ISBN 978-3-423-12771-4

Mit kritischem und amüsier-
tem Blick auf das Leben in
Arabien und Deutschland
schreibt Schami in seinen kleinen Gesellschaftseinmischun-
gen über eine Traumfrau,
einen Müllsortierer, über
Liebende oder Lottospieler.

Milad
Von einem, der auszog, um
21 Tage satt zu werden
Roman
ISBN 978-3-423-12849-0

Eine Fee verspricht dem
armen Milad einen Schatz,
wenn er es schafft, 21 Tage
hintereinander satt zu werden.

Sieben Doppelgänger
Roman
ISBN 978-3-423-12936-7

Doppelgänger sollen für Rafik
Schami auf Lesereise gehen,
damit er in Ruhe neue Bücher
schreiben kann …

Bitte besuchen Sie uns im Internet: www.dtv.de

Rafik Schami im <u>dtv</u>

Die Sehnsucht der Schwalbe
Roman
ISBN 978-3-423-12991-6 und
ISBN 978-3-423-21002-7

»Mein Leben in Deutschland
ist ein einziges Abenteuer.«
Und Lutfi aus Damaskus
beginnt zu erzählen ... Ein
Buch über Kindheit und
Elternhaus, Liebe und Hass,
Fürsorge und Missgunst und
die Suche nach einem Ort der
Geborgenheit.

Mit fremden Augen
Tagebuch über den 11. September, den Palästinakonflikt und
die arabische Welt
ISBN 978-3-423-13241-1

Sehr persönlich und poetisch
geschrieben Tagebuchaufzeichnungen von Oktober 2001
bis Mai 2002 – getragen von
dem Wunsch nach einer friedlichen Aussöhnung zwischen
Israelis und Palästinensern.

Die dunkle Seite der Liebe
Roman
ISBN 978-3-423-13520-7 und
ISBN 978-3-423-21224-3

Zwei Familienclans, die sich
auf den Tod hassen und eine
Liebe, die daran fast zerbricht.
»Ein Meisterwerk. Ein Wunderding der Prosa, dessen

Elemente gemischt sind aus
Mythen und Mären, Fabeln,
Legenden und einer wunderschönen Liebesromanze.«
(Fritz J. Raddatz in ›Die Zeit‹)

Damaskus im Herzen
und Deutschland im Blick
ISBN 978-3-423-13796-6

Ernsthafte und unterhaltsame
Betrachtungen eines syrischen
Deutschen zwischen Orient
und Okzident, ein Plädoyer für
mehr Toleranz und das Buch,
in dem sich Schamis persönliches und politisches Credo am
leidenschaftlichsten ausdrückt.

**Das Geheimnis des
Kalligraphen**
Roman
ISBN 978-3-423-13918-2

Die bewegende Geschichte des
Damaszener Kalligraphen
Hamid Farsi, der den großen
Traum einer Reform der arabischen Schrift verwirklichen will
und nicht merkt, in welche
Gefahr er sich begibt. »Was für
ein Buch ist das wieder einmal!
Und was für ein Thema, das
hinter alldem steht: das Aufbegehren – gegen die Unmöglichkeit der Liebe, gegen religiösen Hass und gegen die
Intoleranz.« (Brigitte)

Bitte besuchen Sie uns im Internet: www.dtv.de

Vladimir Vertlib im dtv

»Vertlib ist ein bedächtiger Erzähler mit wachem Sinn für die Komik ernster Dinge, die heillose Verstrickung der Menschen in Konflikte, die sie nicht suchten; für die erbarmungslose Mechanik, die sie dabei in Gang setzen.«
Karl-Markus Gauß in ›Die Presse‹

Das besondere Gedächtnis der Rosa Masur
Roman
ISBN 978-3-423-13035-6

Die 90-jährige Rosa Masur erzählt ihr Leben: ein wunderbares Stück erlebte Geschichte Russlands im 20. Jahrhundert.

Zwischenstationen
Roman
ISBN 978-3-423-13341-8

Authentisch und exemplarisch für die Emigrationserfahrung im 20. Jahrhundert erzählt Vladimir Vertlib die Geschichte der Irrfahrten einer russisch-jüdischen Familie auf dem Weg in die erhoffte Freiheit.

Letzter Wunsch
Roman
ISBN 978-3-423-13439-2

Gabriel Salzinger versucht den letzten Wunsch seines Vaters zu erfüllen: ein Grab auf dem jüdischen Friedhof in Gigricht. Doch es gibt ein Problem: Jemand hat herausgefunden, dass der Vater nach orthodoxem Verständnis gar kein Jude war.

Mein erster Mörder
Familiengeschichten
ISBN 978-3-423-13634-1

Drei Lebensgeschichten, geprägt von Flucht und Unbehaustheit, die Vertlib zurückhaltend und klug von seinen Figuren erzählen lässt.
»Dieses Buch lehrt mehr über Flüchtlingsschicksale als alle Ausstellungen.« (Verena Auffermann)

Bitte besuchen Sie uns im Internet: www.dtv.de

Wilhelm Genazino im dtv

»Wilhelm Genazino beschreibt die deutsche
Wirklichkeit zum Fürchten gut.«
Iris Radisch in der ›Zeit‹

Achtung Baustelle
ISBN 978-3-423-**13408**-8
Kluge, ironisch-hintersinnige
Gedanken über Lesefrüchte
aller Art.

Die Liebesblödigkeit
Roman
ISBN 978-3-423-**13540**-5
und dtv großdruck
ISBN 978-3-423-**25284**-3
Ein äußerst heiterer und tief-
sinniger Roman über das
Altern und den Versuch, die
Liebe zu verstehen.

Der gedehnte Blick
ISBN 978-3-423-**13608**-2
Ein Buch über das Beobachten
und Lesen, über Schreibaben-
teuer und Lebensgeschichten,
über Fotografen und über das
Lachen.

Mittelmäßiges Heimweh
Roman
ISBN 978-3-423-**13724**-9
Schwebend leichter Roman
über einen unscheinbaren An-
gestellten, der erst ein Ohr und
dann noch viel mehr verliert.

**Das Glück in glücksfernen
Zeiten**
Roman
ISBN 978-3-423-**13950**-2
Die ironische und brillante
Analyse eines Menschen, der
am alltäglichen Dasein ver-
zweifelt. »Das Beste, was
Genazino bisher geschrieben
hat.« (Martin Lüdke in der
›Frankfurter Rundschau‹)

Bitte besuchen Sie uns im Internet: www.dtv.de

Irene Dische im dtv

>»Irene Dische besitzt einen Humor, der nicht den Zeigefinger
hebt, sondern angelsächsisch lustig ein Zwinkern vorzieht.«
Rolf Michaelis in der ›Zeit‹

**Der Doktor braucht
ein Heim**
Übers. v. Reinhard Kaiser

ISBN 978-3-423-**13839**-0

Brillante Erzählung, in der
die Tochter ihren Vater in ein
Altenheim bringt und der
betagte Nobelpreisträger sein
turbulentes Leben Revue pas-
sieren lässt.

Ein Job
Kriminalroman
Übers. v. Reinhard Kaiser

ISBN 978-3-423-**13019**-6

Ein kurdischer Killer in New
York – ein Kriminalroman
voll grotesker Komik.

Fromme Lügen
Übers. v. Otto Bayer und
Monika Elwenspoek

ISBN 978-3-423-**13751**-5

Irene Disches legendäres De-
büt: Erzählungen von Außen-
seitern und Gestrandeten.

Großmama packt aus
Roman
Übers. v. Reinhard Kaiser

ISBN 978-3-423-**13521**-4
und dtv AutorenBibliothek
ISBN 978-3-423-**19134**-0

»›Großmama packt aus‹ zeigt
das Gesamtbild bürgerlicher

Familienkatastrophen. Unbarm-
herzig, liebevoll, hinreißend.«
(Michael Naumann in der
›Zeit‹)

Loves / Lieben
Übers. v. Reinhard Kaiser

ISBN 978-3-423-**13665**-5

Irene Disches Liebesgeschich-
ten sind eigentlich moralische
Erzählungen. Sie suchen nach
Gerechtigkeit und finden sie
nicht. Denn die Liebe ist
zutiefst unfair.

Clarissas empfindsame Reise
Roman
Übers. v. Reinhard Kaiser

ISBN 978-3-423-**13904**-5

Um ihren Liebeskummer zu
vergessen, will Clarissa nach
New York reisen. Stattdessen
landet sie aber in Miami, mitten in einem erhitzten Wahl-
kampffrühling.

**Veränderungen über einen
Deutschen
oder Ein fremdes Gefühl**
Roman

ISBN 978-3-423-**13958**-8

Die Geschichte eines Mannes,
der nicht weiß, was Liebe ist –
und schließlich so etwas wie
die vollkommene Liebe findet.

Bitte besuchen Sie uns im Internet: www.dtv.de